COLLECTION FOLIO

Jonathan Littell

Les récits de Fata Morgana

Gallimard

Ce livre reprend quatre textes initialement parus aux Éditions Fata Morgana : *Études*, *Récit sur rien*, *En pièces* et *Une vieille histoire*.

Jonathan Littell, né en 1967 à New York, vit en Espagne. *Les Bienveillantes*, sa première œuvre littéraire, lui a valu le prix Goncourt et le Grand Prix du roman de l'Académie française 2006. Il a ensuite publié plusieurs livres chez Gallimard et aux Éditions Fata Morgana, ainsi que des reportages (Sud Soudan, Congo, Mexique, Syrie) dans *Le Monde*, *The Guardian* et d'autres médias internationaux. Il a réalisé en 2016 *Wrong Elements*, un documentaire sur les enfants soldats en Ouganda. En 2018 a paru chez Gallimard *Une vieille histoire. Nouvelle version.*

Études

Étude : composition instrumentale destinée à l'apprentissage technique. Elle recherche la maîtrise d'une difficulté en l'isolant, en l'abordant de façon raisonnée, systématique et répétitive pour mieux la vaincre et l'apprivoiser. Elle laisse néanmoins s'exprimer la créativité artistique, ce qui la distingue d'un simple exercice.

CHRISTOPHE HARDY
Les mots de la musique

UN DIMANCHE D'ÉTÉ

Tout en bas se dressent les deux tours. Elles se découpent sur un ciel gris, douloureux de lumière contenue. Des arbres cachent en partie la deuxième, celle qui est brûlée de bas en haut. Elles se tiennent silencieuses comme des sentinelles, indifférentes à ce qui se passe à leur pied. Le vent agite les feuilles des arbres. Des traînées de nuages cheminent paresseusement en travers du ciel. C'est un dimanche d'été. Après un temps, le soleil passe sur le balcon et échauffe le visage et les jambes. Alors durant quelques heures on se réfugie dans l'intérieur sombre et frais de l'appartement.

En face, vers la gauche, de biais sur la colline, il y a les petites taches blanches des tombes, une coulée clairsemée entre les maisons. Au-dessus du cimetière se dresse une belle demeure, une grande bâtisse du XIXe siècle avec des ailes imposantes et des colonnes de part et d'autre de la porte principale. Peut-être était-ce l'accès du cimetière. C'est difficile à savoir car on ne peut pas aller là-haut.

La nuit, près de cette maison, il y a une lumière comme une trouée de feu dans le noir. Encore une fois on ne sait pas qui l'a mise là. Il y a des gens qui doivent le savoir, mais je ne connais pas ces gens-là.

Une fois, j'ai visité une maison pas trop loin de ce cimetière. C'était aussi un dimanche, vers le milieu du jour. B. m'y avait amené, pour y remettre un paquet aux habitants. On est restés sur la terrasse une demi-heure, à boire de la bière avec le père, tandis que la fille coupait des roses dans le jardin pour B. On était assis un peu en retrait, car le bout de la terrasse était exposé. La ville s'étendait sous nos pieds, avec les deux tours de face pour une fois, sous un ciel bleu d'été qui virait au blanc. Quelques obus tombaient du côté de la Résidence du général. Nous n'étions, m'expliquait le père, qu'à cent cinquante mètres du cimetière ; je trouvais cette information étonnante. Hier, continuait-il, une femme avait été tuée juste en bas de chez lui, par un obus. La veille en effet avait été une très mauvaise journée, beaucoup de gens avaient été tués. Mais ce dimanche-là je ne savais pas encore à quel point le jour d'avant avait été mauvais. C'était un si beau week-end. Le samedi, je déjeunais dans un troquet lorsque la Résidence du général avait été attaquée une première fois. Un éclat d'obus était venu rebondir devant ma table, avec un petit tintement, j'avais couru le ramasser ; je rentrai dans le café en riant, faisant sauter l'éclat encore brûlant d'une main à l'autre, comme une patate rôtie qu'on vient de sortir du four. Plus tard, vers la fin de l'après-midi, j'allai chez des amis pour un cocktail. Nous buvions dans le jardin lorsque des roquettes passèrent au-dessus en hurlant. Plusieurs de mes amis plongèrent et se blottirent en boule au pied des rosiers. C'était très drôle et nous avons beaucoup ri. Le lendemain matin un autre obus explosait dans le jardin à côté, à une cinquantaine de mètres de là où nous buvions.

Ce dimanche-là, donc, après la bière près du cimetière, je suis parti avec B. rejoindre notre ami A. et nous sommes allés déjeuner dans un très beau restaurant, un peu isolé, avec une terrasse seulement à moitié fermée qui permettait de rester à l'air libre sans trop violer les règlements de police. Nous avons mangé lentement, toute l'après-midi, des côtelettes d'agneau avec une salade aux oignons, et bu une bouteille de vin rouge. Après, B. et moi nous sommes partagé un cigare, trop sec mais un grand plaisir néanmoins. Puis nous avons acheté des gâteaux et nous sommes allés boire de l'alcool sur mon balcon, en face du cimetière avec les deux tours à nos pieds. Ce ne fut que le lendemain, en lisant les journaux, que nous nous sommes rendu compte à quel point le week-end avait été mauvais. Mais depuis six semaines déjà l'été était comme ça, et il semblait probable que ça dure.

La ville était complètement fermée depuis la fin de mai. En fait il existait encore une route pour sortir et entrer, mais elle était dangereuse. Il y en avait que ce sentiment d'enfermement rendait nerveux, mais moi ça me réjouissait. J'aimais beaucoup l'idée d'être coincé ici pour tout l'été, avec la chaleur et la lumière, traqué de part et d'autre de la ville par les sifflements aigus des obus et le bruit obscène de leurs détonations. Cela me fragilisait énormément et me clouait comme un supplicié à cette autre chose dont je ne devrais pas parler.

Cette autre chose, il m'est impossible d'en parler mais il m'est impossible aussi de ne pas en parler. Elle me ravageait le cœur et me sapait les nuits : le matin, lorsque je me réveillais, elle emplissait mon corps et le tordait de bonheur. Puis, je me levais, je m'habillais, je me rendais à mon bureau et poursuivais mon travail avec une attention et une fébrilité qui pour un temps la mettaient de côté. Mais parfois les bombardements étaient trop lourds, impossible de travailler, et alors entre la peur et cette chose une vaste paresse m'envahissait, rendant tout effort inutile. Restait alors le balcon, le soleil, les livres, l'alcool et les petits cigares que je me donnais tant de peine pour me procurer, et parfois aussi le téléphone, des heures durant, un moyen détestable et faux mais qui en l'absence de son visage et de son corps nourrissait mon angoisse et ma futilité. Voilà, j'en parle, alors que je ne devrais pas. Je devrais parler d'autre chose. Faire des descriptions, comme au début de ce récit, décrire le petit cigare pâle que je fume en ce moment, le briquet en étain patiné posé devant moi, un peu rayé par des pièces que j'avais dans ma poche, le ciel qui vire au gris. Les vitres de mon bureau, afin de nous protéger d'éventuels éclats de verre, sont recouvertes de feuilles translucides de plastique, autocollantes ; à travers ces feuilles, marbrées par les bulles d'air, tout est brouillé. C'est bien dommage, mais d'un autre côté il n'y a rien à voir en face de mon bureau, juste un autre immeuble gris, sale, avec très peu de vitres intactes, et des stries d'impacts en travers de la façade. Ah, voilà le soleil qui revient, qui éclaire gracieusement cette affreuse façade. Il n'y a pas à dire, le soleil est plein de bonté pour les pauvres choses de ce monde.

Un peu plus haut, dans le même carnet où je note ceci, j'ai écrit il y a quelques semaines une ou deux phrases au sujet de la lumière du soleil sur le cou de B. C'était aussi, comme par hasard, un dimanche (mais ce n'est pas tout à fait par hasard car je travaille pour justifier ma présence ici, et il n'y a que les dimanches pour ces histoires-là). Ce fut un des moments les plus effrayants de douleur que j'aie connus ces dernières années. Qu'est-ce qui m'a empêché de l'embrasser, à ce moment-là ? Tout mon corps et toute ma pensée, si faibles, n'étaient tendus que vers une chose, poser mes lèvres sur ce cou éclatant de lumière et de blancheur. Quelle horreur. Je n'ai pas bougé, je suis resté appuyé à la rambarde, puis nous sommes partis. Je pourrais blâmer ma timidité naturelle, mais quelque chose me dit que ce serait faux, une échappatoire pathétique. Je crois bien plus qu'il s'agissait de peur, ce n'est pas la même chose. Sous cette lumière effarante, si proche de sa peau, je me suis décomposé, crucifié de désir et de peur, et je n'ai même pas appelé *Elohim, Elohim*, on a bavardé, puis on est partis, je lui ai cueilli une fleur, encore une pour la tombe de mon désir, et je l'ai ramenée chez elle.

Vraiment, je ne devrais pas parler de ces choses. L'été continue, il est loin d'être fini. On ne devrait en parler qu'après, longtemps après. Le mieux serait de ne jamais en parler, de crever silencieux et que tout ça disparaisse avec, ces écartèlements et ces lumières dont à la fin on verra que la vie a été faite, si on ne le voit pas déjà, et si on peut jamais dire d'une vie qu'elle soit faite, mais si on n'arrive pas à se taire, au moins que ça soit plus tard, et que ça ait été proprement digéré avant qu'on ne le régurgite. L'été n'est même pas fini, les sirènes viennent de se mettre à hurler, il faudrait apprendre à se faire pousser une peau avant de jouer à s'écorcher avec des rasoirs d'aussi piètre qualité. Tant d'impatience me désole.

Été 1995

L'ATTENTE

Ainsi je retournai à Paris et j'attendis. Ce n'était pas que l'attente me fît plaisir, loin de là. Mais il y avait certaines contraintes. Normalement, j'aurais dû repartir tout de suite, ou au bout de quelques jours. On m'avait proposé un poste dans un autre pays, dur et froid, et cela ne m'avait pas déplu, j'avais rapidement accepté. Mais il y avait un problème de papiers, et il ne se réglait pas. Mes employeurs avaient déjà un homme dans la capitale de ce pays, c'était à lui de résoudre ce problème, je ne sais pas ce qu'il faisait. Je lui téléphonais souvent, à lui ou à son assistant, et il y avait toujours une excuse, vague, souvent contradictoire ; mais de papiers, point. Lui, ça ne le gênait pas, il laissait les choses suivre leur cours. Moi, je devenais tranquillement fou.

Cela faisait maintenant plus d'un mois que j'attendais. Un mois, qu'est-ce que c'est ? Rien, dans certains cas ; la traversée d'un marécage glacial, dans d'autres. M'aurait-on déclaré d'emblée :

Voilà, tu dois attendre un mois, ou trois, ça n'aurait pas été un problème, j'aurais pris des mesures, j'aurais su quoi faire. Mais là, l'attente s'enlisait dans l'informe, car chaque jour cet administrateur incompétent m'affirmait : demain, peut-être, ou sûrement après-demain. Seules les fins de semaine rythmaient cet infernal désœuvrement, car en fin de semaine les bureaux sont fermés. Ainsi je m'étiolais, ma substance au fur et à mesure de l'attente lentement se dissolvait. Je souffrais de troubles du sommeil grandissants : le soir, impossible de m'endormir ; j'en venais à prendre des cachets, chose qui ne m'était jamais arrivée. Et le matin, impossible de me lever, une fatigue noire et écrasante me clouait au lit, parfois jusqu'à l'après-midi ; souvent, je ne me levais enfin que pour quelques heures, avant de me rendormir, épuisé, jusqu'au dîner. Puis l'insomnie reprenait ses droits.

L'énervement travaillait ma pensée et mes sens ; l'irrégularité me dominait. Je buvais, mais même cela n'avait aucune consistance. Lorsque j'avais une bouteille, je la vidais avec une rapidité effrayante ; mais une fois vide, je n'en achetais pas d'autre pour des jours et des jours. Je voulais encore boire, je le désirais terriblement, mais aller acheter une autre bouteille, cela me dépassait. Comme excuse, je m'inventais des soucis d'argent, mais ce n'était qu'un vain prétexte, suffisant néanmoins à ma paralysie. Et pendant ce temps, d'autres désirs, plus ambigus encore, creusaient mon corps de part en part. Je ne cherchais pas à les assouvir franchement ; mais seul dans ma chambre, je trichais avec eux, parfois jusqu'au sang.

Déjà, auparavant, je m'étais trouvé dans un état semblable. Il s'agissait certainement d'une autre attente. Mais j'étais alors, du moins je crois pouvoir l'affirmer, encore plus perdu. En tout cas, soit que j'eusse alors plus de force, soit, au contraire, que ma faiblesse m'eût ôté toute défense, j'étais allé bien plus loin dans l'égarement. C'est ainsi qu'un soir je m'étais retrouvé sur un des quais de la ville, à un endroit où errent toujours quelques âmes en peine, avides d'un autre dont le vide intérieur pourrait pour quelques heures combler le leur, les emplir de vide (c'est une façon de voir les choses ; il y en a d'autres). C'était certes un endroit mal famé, et qui passé une certaine heure relevait de la police des mœurs. Faisant le difficile, dans mon désarroi, j'en laissai passer quelques-uns ; mon choix, mais presque au hasard, se fixa enfin sur un jeune Noir. Je crois pouvoir dire que c'était un gentil garçon, il était en tout cas fort timide. Nous avons marché longtemps, nous ne nous sommes même pas touchés jusque chez lui. Il ne savait pas trop comment s'y prendre, je dus lui forcer la main. Mais il se prêta assez volontiers à mes exigences. Mon corps, ainsi, je le soumis au sien, des heures durant. La honte, la douleur, rien ne suffisait, je n'étais plus que mon vide, et plus j'y enfonçais ce jeune homme, plus je me laissais envahir par sa charpente, sa musculature, son sexe épais mais bizarrement pointu, plus ce vide s'ouvrait, s'approfondissait, et me révélait l'étendue morne de son immensité. À la fin, ce fut la chair qui faiblit, vacilla. Le garçon, sombrant dans une confusion ordinaire, se croyait déjà amoureux. Le froid m'envahissait, ses émois me dégoûtaient, je me dégoûtais encore plus. Je me rhabillai et sortis, coupant court à ses déclarations. Sur le palier de sa misérable chambre se situaient les cabinets, mais j'étais trop pressé, trop écrasé de honte, je ne m'y arrêtai pas. Ce fut une erreur car une envie irrésistible me saisit quelques instants plus tard, dans la rue. Ce n'était pas encore l'aube, tous les cafés étaient fermés sur mon chemin. Tant bien que mal, je parvins à l'immeuble où je logeais. Je devais passer par l'escalier de service ; par miracle, je tombai sur des W.-C. au rez-de-chaussée, je n'y tenais plus. Rouge, étouffant d'angoisse, je m'y ruai sans même fermer la porte, presque trop tard, je lâchai tout. Ce fut fort pénible, je vous l'assure. Les boyaux tordus, je restai longtemps collé à ces chiottes, sursautant au moindre bruit, terrifié qu'on me découvre. Je suais, il y avait de la merde partout. Je parvins à nettoyer mon pantalon, le rebord de la cuvette ; quant à mes sous-vêtements, je n'y songeais même pas, je m'en dépêtrai et les jetai dans une des poubelles de la cour, les enfouissant sous les ordures. Tremblant, vidé, je regagnai ma chambre. Tant de souillure m'asphyxiait, mais en même temps j'en désirais plus, je désirais follement y sombrer, je perdais toute notion de moi-même, mon corps était pris de délire ; révulsé, j'étais illuminé de tant d'horreur, je voulais recommencer et ne plus en finir. Le sommeil me calma un peu. Quelque temps plus tard… mais, laissons là ces âneries, cela suffit. Au temps, donc, dont je parlais pour commencer, je n'étais certainement pas allé aussi loin, sauf peut-être en rêve. La voie, néanmoins, semblait bien la même. Mais ma situation comportait quelques différences, sans doute ont-elles joué leur rôle aussi. D'abord, j'avais un but, une destination précise, ce qui n'avait pas toujours été le cas. J'avais en outre une correspondante. Certes, son absence, sa distance ne contribuaient pas qu'un peu à mon abattement. Mais le rôle de cette distance dans les égarements de mon esprit serait beaucoup plus complexe à définir. Peut-être y contribuait-elle aussi : mais d'un autre côté, il me semble que ce devait être un facteur d'atténuation, en ce qu'elle offrait à mon avidité malsaine un débouché, fictif peut-être, mais d'une efficacité non négligeable, débouché donc qui se traduisait par des appels téléphoniques ruineux et surtout une série de lettres interminables, écrites parfois sur l'espace de plusieurs jours. Curieusement, ces lettres et ces appels, s'ils n'étaient pas entièrement dépourvus d'un certain érotisme, restaient dans l'ensemble fort chastes, et prenaient même parfois une tournure quasiment idéaliste. Ceci, vu mon état, peut paraître étrange, d'autant plus, comme je l'ai dit, que mes désirs y trouvaient leur compte, partiellement au moins. Il ne s'agit pas ici d'une quelconque sublimation, loin de là. En effet, les mots les plus tendres pouvaient précipiter ma tête dans une débauche d'images licencieuses, certaines concernant bien ma correspondante, d'autres plutôt des figures de l'acabit du garçon trouvé sur les quais. De même, après des journées presque calmes, sereines, m'était-il arrivé d'écrire des lettres effroyablement tourmentées, violentes, désespérées. En vérité, tout cela me donnait et me donne encore le vertige. Toujours est-il qu'ainsi, le temps passait. C'est vrai, il passait, tant bien que mal. Mais c'était fort éprouvant. Il faut bien le dire : un jour, l'attente a pris fin. Mais soyez-en sûr, elle recommencera.

Hiver 1996

ENTRE DEUX AVIONS

Le malheur, c'est qu'il y avait eu ce contact, qu'une partie de moi était restée accrochée à elle et m'avait empêtré dans les rouages de cette machine. Sans cela, rien ne se serait passé, j'aurais pu l'admirer, la désirer tranquillement, et son indifférence ne m'aurait jamais touché. Ça avait commencé lors d'une brève visite à K... J'y avais rejoint une ancienne amie, A., qui m'avait logé chez elle, sur son canapé. C., qui partageait l'appartement avec A., était rentrée à quatre heures du matin (le train, semble-t-il, était resté bloqué), en faisant un vacarme énorme parce qu'elle croyait la porte fermée, et était repartie à six. Dans la journée, je l'avais croisée au bureau d'A., survoltée, toujours en mouvement, un tourbillon maniaque qui ne laissait aucune place pour faire connaissance. Elle semblait incapable de s'arrêter même un instant. Des traits durs, mais mobiles, et non dénués de beauté ; et surtout une énergie furieuse, concentrée sur le travail à l'exclusion de toute autre chose, mais capable aussi par intermittence de générer des éclats de gaieté vivace qui illuminaient ceux qui autrement ne cessaient de rebondir sur elle ou de s'y heurter. A. était déjà partie, me laissant dans l'appartement. Je n'aurais sans doute pas vu grand-chose de C., car je devais moi-même repartir le lendemain ; ce matin-là, il y eut des émeutes dans la ville, les vols furent suspendus, et nous restâmes bloqués à l'appartement. L'après-midi, n'y tenant plus, C. décida de sortir, et je m'offris pour l'accompagner ; les autorités, à cause de la situation, avaient interdit l'usage des véhicules ; écoutant la lettre de leurs instructions plutôt que leur esprit, nous sortîmes à pied. Je souffrais alors d'une légère blessure au gros orteil, blessure qui à cause du climat et de l'irrégularité de mon mode de vie avait dégénéré en une vilaine infection. Je boitais donc, et ce fut un spectacle comique que notre traversée de la ville, elle droite, fière, pressée, moi claudiquant et pas qu'un peu amusé de la situation. Nos courses achevées, comme tout travail était exclu pour ce jour-là, nous nous mîmes à une terrasse sur la rue principale pour prendre une bière. C'était la première fois depuis son arrivée à K…, me dit-elle, qu'elle avait pris un tel repos. Nous causions, elle me raconta ses nombreux voyages, ses séjours dans des pays où je rêvais moi-même de me rendre depuis longtemps. Un ancien camarade, que je n'avais pas revu depuis un an, nous rejoignit, tout aussi étonné que nous de ce chômage inattendu, et nous échangeâmes quelques souvenirs du pays où nous nous étions connus, région atroce, mais qui nous avait tous deux séduits. La bière était fraîche, la terrasse ensoleillée, les émeutiers passaient dans des camions confisqués, agitant des branches vertes et scandant des slogans contre les nouvelles autorités. C'était agréable, je crois pouvoir dire que même C. s'était un peu détendue, et nous étions tous deux d'humeur fort gaie lorsque nous rentrâmes à l'appartement. L'état de mon pied avait empiré, et je ne marchais qu'avec beaucoup de douleur. C. proposa de crever un peu l'abcès afin de le soulager. J'avais bu plusieurs verres, j'acceptai. Je m'enfonçai dans un fauteuil et allumai un cigare tandis qu'elle se mettait au travail, mon pied calé entre ses cuisses. Sa collègue D., épuisée, s'était endormie assise sur le canapé, et les fous rires que me faisait étrangement pousser la douleur de l'opération ne la réveillèrent pas. Entre deux crises de rire je tirais furieusement sur mon cigare, C. continuait à me faire boire et à cureter l'infection ; je prenais un plaisir si vif à cette opération charmante que je n'en ressentais quasiment pas la pénibilité. J'y mis fin lorsque j'arrivai au bout de mon cigare. C. tenait mon pied d'une manière très tendre, elle le nettoya et le banda proprement ; D., réveillée, partit se coucher. C. et moi, je crois, restâmes longtemps à discuter. Nos mains se cherchaient, se touchaient, jouaient l'une avec l'autre, s'entrelaçaient. Nous buvions toujours, il ne se passa rien d'autre, le mal était déjà fait.

Le lendemain matin je retrouvai C. dans sa frénésie habituelle. Elle partait en mission à l'autre bout du pays ; ayant déjà perdu vingt-quatre heures, son impatience naturelle était exacerbée, et le bureau retentissait de ses ordres et de ses mouvements. Je la trouvai alors qu'elle était assise une minute à réfléchir, je lui pris la main ; elle souriait, elle me caressa machinalement la paume. Je devais partir, elle courait dans un couloir, pressée elle aussi : elle m'embrassa rapidement sur la bouche et disparut.

L'aéroport était un véritable foutoir. Six gros porteurs militaires venaient de se poser les uns à la suite des autres, personne n'était capable de m'indiquer le mien ; je boitai furieusement de l'un à l'autre, écrasé sous le soleil et grinçant des dents de douleur, naviguant entre les sacs de vivres et les caisses de matériel déchargés, les pick-up sillonnant le tarmac, les soldats excédés, les colonnes de gens hagards attendant d'être évacués, j'interpellai en russe des pilotes ukrainiens ou lituaniens pour leur demander leur destination, eux-mêmes souvent n'en étaient pas sûrs. Je faillis d'ailleurs bien me tromper d'avion et atterrir dans le mauvais pays. Je retrouvai C. sous l'aile d'un Endover, accroupie avec deux collègues, échafaudant des plans et prodiguant des instructions de dernière minute. Elle me salua distraitement, tout était tellement confus que je n'y prêtai pas grande attention. Je montai dans l'Endover ; elle prenait un des gros porteurs qui partait vers l'ouest.

Je comptais la revoir la semaine suivante ; il s'en fallut de plus d'un mois. Le jour avant mon retour à K..., un ami médecin m'examina le pied et m'interdit formellement le voyage. J'étais consterné, mais il n'y avait rien à faire : l'infection était fort avancée, elle menaçait l'os, je devais me faire opérer tout de suite. Le pays où nous nous trouvions ne disposait pas de structures adéquates ; il me conseilla la capitale d'un pays proche, où se trouvait un excellent hôpital. Atterré à l'idée de ne pouvoir retrouver C., je dus m'y résigner. À K..., le parfum préféré de C. avait disparu ; une amie m'en avait rapidement fait parvenir un flacon ; incapable d'aller le lui offrir en personne, je l'emballai et, avant mon départ, demandai à son bureau de le lui faire parvenir là où elle se trouvait. J'y adjoignis une carte magnifique, un Vermeer représentant une jeune fille attablée devant une fenêtre, son visage en pleine lumière, tenant un verre et souriant à un fier militaire présenté de dos. Je trouvais le visage de cette fille comme illuminé, et je composai au dos de la carte un court message : je voulais un ton ironique et charmant, je ne sais pas, peut-être que j'y arrivai. J'étais trop incertain de ce qui se passait pour vraiment exprimer ce qui me saisissait, je ne souhaitais pas non plus paraître froid, indifférent, comme le sont si souvent mes lettres incapables d'exprimer des sentiments vrais. Toujours dans le doute, je scellai la carte et la remis avec le parfum à un collègue de C., qui me promit de les faire suivre.

Il ne devait pas tenir sa promesse ; mais rien ne devait se passer comme prévu. C. n'était en fait toujours pas revenue à K… : cette nouvelle, qui m'avait serré le cœur lorsque je l'avais apprise, me consolait maintenant un peu de mon départ forcé, et j'espérais que mon retour de convalescence coïnciderait avec le sien. Il n'en fut bien entendu rien. Les Parques, taquines, s'amusaient à plaisir à bousculer nos déplacements. L'opération se passa très bien, j'eus affaire à un vieux chirurgien allemand, admirablement excentrique, qui égaya fort la procédure en dissertant, tandis qu'il me charcutait, sur l'historique de l'usage médical de la cocaïne de 1875 à nos jours. J'appris ainsi que l'invention de dérivés cocaïnés, préservant les vertus anesthésiques du produit tout en supprimant ses côtés euphorisants, avait été stimulée par l'amour immodéré voué par les plus grands docteurs et chirurgiens de l'époque à cette drogue, amour qui les poussait à en vider leurs placards pour la consommer par voie nasale, intraveineuse, et même, en ces temps-là, oculaire. Ce problème fort embarrassant pour la réputation de la profession médicale prit fin en 1919 avec l'apparition de la novocaïne, lointain et grossier ancêtre de la molécule miraculeuse qui faisait que maintenant seul le désagréable crissement du scalpel tailladant ma chair venait me distraire de l'éloquence du chirurgien. Je dus garder le lit quelques jours ; dès que je fus, de façon tout à fait précaire et douloureuse, de nouveau sur pied, je m'enquis des avions en partance. On me confirma sur un vol du vendredi à destination de G..., ville d'où décollaient la plupart des avions pour K... J'avais beaucoup de travail à rattraper ailleurs, mais je ne me gênai pas pour prendre la liberté peu professionnelle d'ajuster ainsi mes plans de voyage. Je téléphonai à K... : C. n'était ni là-bas, ni même dans cette ville de l'ouest où elle était restée travailler (la ville de M...), mais était revenue à G... pour rendre compte de ses activités. J'étais ravi : je pouvais sans scrupule passer le week-end en sa compagnie à G..., puis vaquer ailleurs à mes affaires pour la rejoindre plus tard. Ceux qui contrôlaient les avions annulèrent alors ma réservation : il y avait du fret, m'expliqua-t-on, c'était plus important. Il n'y avait pas d'avions avant lundi, j'étais au désespoir, je savais que C. serait retournée à M... Depuis quelque temps, je m'en rendais compte, cette femme occupait entièrement ma vie, et au fond je jouissais même de la souffrance que me causait l'impossibilité de la revoir, tellement était forte l'émotion. Je me décidai à lui téléphoner à G… (j'étais fort angoissé par la façon dont elle accueillerait une démarche si importune) : elle sembla ravie de m'entendre ; sa voix me vrilla l'âme. Elle partait samedi pour K…, puis de là pour M… Je lui demandai de m'attendre avant d'aller à K…, elle ne le pouvait pas, mais promit de me retrouver un peu plus tard. « À bientôt, bel enfant », me dit-elle en raccrochant ; déchiré entre le plaisir que me donnaient ces mots et la frustration de ne pouvoir la revoir, je passai l'après-midi à essayer par tous les moyens de trouver un avion. Une autre organisation en avait affrété un, j'y contactai un ami, il me promit de me trouver une place ; deux heures plus tard, il me rappela en m'expliquant que son chef y avait mis son veto (j'appris plus tard qu'une autre femme, que je ne connaissais qu'à peine, mais qui pour une raison que je n'ai jamais sue me haïssait cordialement, avait rayé mon nom de la liste). Je passai ainsi plusieurs heures entre l'espoir le plus violent et la rage la plus noire. Je tempêtais, claudiquant d'un bureau à l'autre, je rendais les secrétaires folles avec mon obstination, je les forçais à poursuivre des pistes dont l'inutilité était patente, mais qui leur faisaient perdre leur journée et leur patience. À six heures du soir, un miracle eut lieu : le premier transporteur, que j'avais rappelé en désespoir de cause, m'annonça calmement qu'il avait de la place non seulement pour moi, mais aussi pour quelque deux cents kilos de fret que je devais emmener. Ce fut un branle-bas de combat, car bien entendu le fret n'était pas prêt, les papiers de douanes manquaient, le transitaire avait fermé pour la journée : à huit heures, néanmoins, tout était en ordre. Je devais être à l'aéroport à six heures du matin, j'y fus à cinq et demie, il n'ouvrit qu'à six heures trente, et à sept heures on vint me dire que l'avion était en panne et ne partirait pas ce jour-là. Mon abattement était si profond que je ne fus qu'à peine sensible au comique effroyable de la situation. Dans l'après-midi je retéléphonai à C. : elle partait toujours le lendemain et ne pouvait retarder son voyage, mais de l'entendre me réconforta un peu. Je partis bien le lendemain. L'avion devait continuer vers la ville où j'étais censé travailler, inutile pour moi de descendre à G…, maintenant que C. n'était plus là. En vol, j'échafaudai l'espoir fou de la croiser quelques minutes sur le tarmac de G…, de pouvoir lui parler ne serait-ce qu'un instant, voir ses yeux et son sourire, l'embrasser. Son avion, bien entendu, était parti depuis des heures.

Je passai une semaine à travailler avec mes collègues et planifiai alors de retourner à K… : je devais en effet y régler des dettes, cela justifiait un voyage que mon sens du devoir n'aurait autrement pas permis. Je dus repasser par G…, les avions pour K… furent annulés plusieurs jours de suite ;

mais C. était toujours à M…, je pris patience. Le supérieur de C. m'apprit alors qu'elle devait revenir à K… le mercredi, jour prévu de mon propre départ. J'étais heureux, mais terrifié à l'idée d'un autre imprévu. L'avion que je devais prendre continuait depuis K… sur M… puis revenait à K… ; avant que j'apprenne qu'elle serait du voyage de retour, j'avais décidé de faire cette course supplémentaire et de lui apporter une fleur, ne serait-ce que pour la voir une demi-heure. Je modifiai donc légèrement ce projet : je descendrais à K…, mais lui enverrais néanmoins la fleur, sans lui dire de qui elle venait, pour l'accueillir dans l'avion. La malignité d'un chef de bureau, qui lui aussi semblait me haïr, faillit me faire rater cet avion : alors que j'avais réservé ma place depuis des jours, mon nom n'apparaissait pas sur la liste, et l'employé contrôlant l'embarquement refusa de me laisser monter. Je devais avoir l'air fier dans mon malheur, debout sur le tarmac, ma grande fleur jaune à la main, tellement incongrue dans ce contexte que j'avais longtemps balancé avant d'oser la prendre avec moi. Mais un ami survint opportunément, qui supervisait directement les vols, il me fit mettre dans l'avion. À bord se trouvait un Suédois qui continuait jusqu'à M… : je lui remis la fleur, avec des instructions précises. Le vol fut effroyable, nous endurâmes une demi-heure de violente tempête ; je me rassurai en me disant que de telles secousses devaient être normales pour un si petit avion, mais lorsque nous arrivâmes à K…, je vis que les pilotes étaient blêmes. Je retrouvai rapidement le supérieur de C., à qui une solide camaraderie commençait à me lier ; C. devait arriver quelques heures plus tard.

Je la retrouvai l'après-midi dans les bureaux, émerveillé du fait qu'il n'y ait pas eu de contretemps supplémentaire, qu'elle ne soit pas, par exemple, retournée à G… sans s'arrêter à K… « Alors, tu n'as pas voulu faire l'aller-retour pour m'accompagner », me tança-t-elle. « Ah, mais je t'ai envoyé une fleur à la place. » Elle ne l'avait pas reçue, le Suédois l'avait oubliée dans l'avion. Elle l'avait vue en montant et s'était demandé pour qui ce pouvait être, d'où ça pouvait venir. Même pour cela, j'étais heureux du geste. Quant au parfum, elle me l'apprit plus tard, il n'avait jamais été envoyé à M…, mais elle l'avait récupéré lors de son passage à G…, et ça lui avait fait bien plaisir, ces dernières semaines, de pouvoir combattre ainsi la puanteur abominable de ceux dont elle avait à s'occuper.

Elle m'avait embrassé amicalement à mon arrivée ; tout, à partir de là, devait devenir plus pénible. Je l'ai dit plus haut, je m'étais engagé trop avant, j'avais ouvert trop précipitamment une porte que mes instincts, en général assez bons, maintenaient d'habitude fermement close.

Son retrait, à partir de ce moment, me déchira lentement. Dans les jours qui suivirent, elle resta plongée dans ses activités frénétiques ; de temps à autre, elle m'accordait un moment de discussion, mais tout de suite une pensée de travail la distrayait et elle repartait sur sa lancée. C'était la fin de son contrat, elle quittait le pays ; elle avait reçu plusieurs propositions, une, de son employeur actuel, pour la ville où j'étais normalement en poste (mais cela ne l'intéressait pas du tout), une autre pour retourner à M... avec une autre organisation, d'autres encore pour des pays différents. Elle ne savait pas se décider, elle en discutait avec tout le monde, et elle épiloguait aussi intarissablement sur tous les problèmes qu'elle avait rencontrés à M... Sur le moment, meurtri par son indifférence, je crus m'être horriblement trompé, avoir radicalement mésinterprété des marques qui pour elle ne devaient être que d'amitié ; plus tard, je songeai que son temps à M..., qui l'avait visiblement épuisée, avait dû l'atteindre à un certain point et faire qu'elle, qui semblait toujours aussi sûre de ce qu'elle faisait et d'où elle allait, avait en fait sensiblement perdu pied, et ne savait plus s'occuper que de ses problèmes concrets, ultime refuge. Elle restait amicale ; mais quelle qu'en soit la cause, elle avait débrayé par rapport au bref contact qui s'était lié entre nous, et ce débrayage me brisa rapidement. Le plus pénible fut les nuits : elle m'invita à loger chez elle, elle refusa de me laisser dormir sur le canapé, elle insista pour me placer dans sa chambre, dans un lit séparé. Ainsi, elle dormait à un mètre de moi, presque nue, et il m'était impossible de la toucher. J'étais moi-même épuisé par mon travail des derniers mois, par mon dégoût du pays dans lequel j'œuvrais, par mon incertitude lancinante par rapport à l'utilité des actions que je conduisais ; l'indifférence de C., ou simplement son absence, acheva de me plonger dans le malheur. Je bois toujours beaucoup, je bus encore plus. Je ne dormais presque pas, et chaque soir, en me couchant avec cette séparation entre nos corps, j'avais l'impression de m'embrocher sur un couteau. Je me réveillais en sursaut, me rendormais parfois ; le matin, j'étais vidé, épuisé, et les affaires fort désagréables que j'étais venu régler à K… ne faisaient qu'ajouter à mon désarroi. Une fois mes yeux habitués à l'obscurité, la nuit, je voyais nettement sa forme ; parfois, son drap glissait, et je contemplais longuement son dos blanc, ses petits seins acérés. Rarement ai-je ressenti un désir plus violent mais aussi moins physique : ce n'était pas à lui faire l'amour mais simplement à se coller contre elle que mon corps aspirait. J'étais désemparé, dans un état extrême, j'avais perdu tous mes moyens ; ma conversation, lorsque nous parlions, était souvent plate, crispée, et exprimer ce qui me travaillait, cela m'était impossible. Elle aussi était un peu malade et dormait très mal. Il se passait ainsi des moments étranges, que je ne comprends toujours pas. Une fois, je m'en souviens, pris dans nos insomnies respectives, nos yeux se croisèrent, et nous nous regardâmes longuement, sans sourire, sans parler. Une autre fois, dans un moment semblable, où la perte du sommeil semblait la faire souffrir presque autant que moi, je lui tendis la main d'un lit à l'autre, et elle la prit jusqu'à ce qu'elle se rendormît. Le dernier soir de notre séjour à K…, elle s'était couchée avant moi, je m'assis sur le bord de mon lit, face à elle, et lui pris la main ; accablé de fatigue et de tristesse, j'embrassai cette main, je la caressai, et posai enfin la tête dessus un long moment. Je ne sais pas si nous nous sommes parlé, ou si je me suis simplement laissé aller à cette main. Elle la reprit enfin. Fou de douleur, presque en larmes, je me penchai sur elle et l'embrassai sur les lèvres, doucement. Puis je me couchai. La nuit fut aussi mauvaise que les autres. Je n'arrive pas à saisir la signification de ces moments où, si elle ne m'invitait pas plus avant, elle ne me repoussait certainement pas non plus. Mais quelque chose de très fort m'empêchait de pousser, de la provoquer à un rejet qui aurait au moins eu le mérite d'être clair. Peut-être elle-même était-elle dans une forme de désespoir qui naviguait à côté du mien sans pouvoir le rencontrer. Dans nos conversations, elle n'en faisait certainement pas état : elle ne parlait que des aspects positifs de sa vie, ou bien de ses problèmes concrets, ce qui correspondait à son caractère agressif et déterminé. Elle avait un enfant, cela je ne l'ai pas dit, elle souhaitait le revoir et me parla avec fougue de lui. Son mari, lui, avait disparu de l'histoire depuis un moment. Je soupçonne que quelque chose devait la miner, quelque chose de fondamental qui la poussait entre autres à vivre une vie si instable, mais elle devait être incapable, de par sa nature, de le reconnaître. Ce doit être là la grande différence entre nous. Le dernier jour, tandis que je la regardais faire ses bagages, elle me posa quelques questions sur moi. Je ne pus répondre que superficiellement : il me semblait impossible, d'après ses questions et son ton, qu'elle puisse comprendre ou accepter des réponses vraies, même si j'eusse été capable d'en formuler. « Est-ce que tu souffres ? » me demanda-t-elle à brûle-pourpoint ; encore une fois, j'éludai la question. La conversation n'alla pas beaucoup plus loin et me laissa confus. Je ne savais pas si j'en avais trop dit ou bien pas assez. Sa réaction était illisible, elle était de nouveau ailleurs, dans son départ. Nous prenions tous, avec sa collègue D., un vol commercial pour G… Elle ne voulait pas s'arrêter à G… mais y était obligée pour des raisons administratives. L'embarquement, à l'aéro port, fut extrêmement chaotique, mais le vol fut rapide. J'avais espéré prendre une chambre dans le même hôtel qu'elle : une dernière chance, me disais-je, pour résoudre cette histoire d'une manière ou d'une autre. Puis, dans l'avion, alors qu'elle bavardait sans relâche avec D., le désespoir m'envahit entièrement, je me sentais sale, et je fus pris d'un désir de tout planter là, de la quitter à l'aéroport de G… et de ne plus la revoir, de ne plus m'exposer à cette indifférence dont l'ambiguïté profonde me déchirait. Ma faiblesse eut le dessus, j'allai à cet hôtel : il n'y avait plus de chambres. Bien, me dis-je, voilà toujours ça de décidé pour moi. Nous convînmes d'un rendez-vous pour vingt heures ; je vins, elle n'y était plus. Elle avait laissé un mot à la réception pour un autre homme, qu'elle devait voir pour des questions professionnelles : pour moi, rien. Plus tard dans la soirée, je la retrouvai dans un restaurant avec tous ses collègues. Elle était plongée dans une conversation avec son chef, elle ne me regarda qu'à peine. Profitant d'une pause, je lui fixai un rendez-vous pour le lendemain midi, pour déjeuner. Elle accepta distraitement et me dit de la retrouver au bureau. Ils partirent tous peu de temps après et elle me dit à peine au revoir. Elle était loin, très loin. Le lendemain, à midi, je la trouvai au bureau avec D., réglant leurs problèmes administratifs. Elle était excédée et ne fit presque pas attention à ma présence. J'attendis une heure, lui demandant deux ou trois fois si elle comptait déjeuner avec moi : « Je ne sais pas, je ne sais pas », répondait-elle, « je dois retourner à l'hôtel ». J'étais assis dans l'antichambre du bureau où elle se trouvait avec l'administrateur lorsqu'un petit oiseau noir et blanc entra dans la pièce. Il commença à visiter d'un pas saccadé mais tranquille, s'étonnant d'une porte fermée. Puis il se retourna contre un petit papillon de nuit qui dormait là et l'attaqua du bec. Le papillon se débattait, mais en vain, et l'oiseau l'engloutit dans un nuage d'écailles, fine poussière blanche d'ailes arrachées qui formait un halo lumineux autour de sa tête. C. bavardait avec D., elles attendaient l'administrateur qui devait les payer, elles parlaient vivement d'incidents de leur travail et riaient. Je m'assis près d'elles, inutile. Puis l'administrateur revint. Encore une fois, je demandai à C. si elle voulait venir déjeuner : sa réponse resta vague, c'était visible que ses problèmes l'avaient entièrement accaparée, je ne faisais que la déranger. Je partis en la saluant à peine, elle ne fit rien pour me retenir. Le lendemain, le vol qui devait m'emmener hors de là fut annulé pour cause de jour férié.

Printemps 1997

FAIT ACCOMPLI

Donc voilà elle avait dit cela et c'était déjà l'irrémédiable. Pour lui comme pour elle d'ailleurs n'étant pas homme à prendre cela à la légère. Mais prendre une décision tout de suite, il n'en était pas capable, elle non plus. Donc d'abord réfléchir puis ensuite parler. Mais avant même de réfléchir d'abord ne pas réfléchir, attendre, laisser passer un peu de temps, le sale temps, de toute façon il en resterait bien assez, même si dans ce cas précis il était objectivement limité, pour des raisons physiologiques concrètes faisant qu'un certain temps de pas de réflexion et de pas de discussion et donc de pas de décision serait en soi-même une décision, une décision prise. Donc ne pas réfléchir tout de suite, pour ne pas réfléchir à chaud, mais réfléchir quand même, et assez rapidement, à tiède si ce n'est à froid. Elle donc de son côté d'abord ne pas réfléchissant puis assez rapidement réfléchissant, et lui de son côté de même. L'autre simplement poussant. Lui donc réfléchissant mais sans savoir comment elle réfléchit, se disant que de toute façon pour lui cela n'a pas d'importance comment elle réfléchit car elle, elle a fait la chose, elle n'a plus qu'à attendre, et si pas de décision alors de fait décision, c'est donc à lui de réfléchir maintenant. Première erreur de raisonnement peut-être mais néanmoins c'est ainsi qu'il procède. Pour lui donc, deux questions, soit question 1 l'autre ou pas l'autre, et question 2 elle ou pas elle. À ces deux questions quatre solutions, soit solution 1 lui sans elle sans l'autre, solution 2 lui avec elle sans l'autre, solution 3 lui sans elle avec l'autre, solution 4 lui avec elle avec l'autre. Or pour lui à ce stade avec l'autre exclu et donc exclusion des solutions 3 et 4, restent donc la 1 ou la 2, sans l'autre avec ou sans elle, donc pourquoi pas avec, c'était pas si mal, et ça serait presque comme avant, sauf qu'entre-temps il y aurait eu cela. Or cela justement problème, car si pour lui avec l'autre exclu, pour elle sans l'autre exclu, de cela il en est sûr, sans même lui demander, à elle je veux dire. Donc si pour elle sans l'autre exclu, alors exclusion des solutions 1 et 2, restent donc la 3 et la 4, déjà exclues. Donc revoir sa copie. Pour lui la solution 4 absolument exclue car les chaînes la porte barrée la clef jetée à la rivière. La solution 1 exclue aussi car pour lui aucun avantage et pour elle exclue absolument. La solution 2 vu les faits et dans l'état des choses pour lui presque idéale mais pour elle le contraire. Du reste problématique en diable car étant admis qu'il l'y amène par une savante combinaison de sentiments et de chantage il y aurait toujours cela et le poids et la faute de cela, faute qui étant donné que ce serait lui qui l'aurait amenée elle à cette solution retomberait automatiquement sur lui, qu'elle le veuille ou non, qu'elle le dise ou non, et ainsi ça ne serait pas du tout comme avant, car même s'il n'y avait plus l'autre ce qui après tout serait un grand soulagement il y aurait cela sur lui et donc aussi d'une autre manière la cage la fenêtre barrée la clef jetée à l'étang, la faute et la douleur en plus. Reste donc la solution 3, idéale ni pour lui car plus elle ni pour elle car plus lui, mais concevable quand même car pour elle l'autre donc pas cela, et pour lui comme plus avec elle pas vraiment l'autre non plus, car l'autre reste avec elle cela va sans dire, donc même si d'une certaine manière l'autre en tout cas pas les barreaux la porte en fer la clef pendue à son clou et pas cela non plus donc pas la faute et la douleur, sauf la douleur de plus elle mais cela à terme supportable surtout étant donné les autres options, de même pour elle à terme aussi si pas tout de suite. Solution donc si elle n'est pas parfaite en tout cas sans doute la moins pire, vu la situation, donc presque élégante à sa manière, vu le dilemme, plus en tout cas que la solution 2, solution moins pire pour lui comme cela a été dit, mais certainement plus pire pour elle, et sans doute plus plus pire pour elle qu'elle serait plus moins pire pour lui, si l'on pouvait mesurer ce genre d'écart du pire avec une quelconque précision c'est certainement ce que l'on constaterait, d'où conclusion que la solution 3 la moins pire absolument, les solutions 1 et 4 étant considérées comme exclues, la 1 par elle comme par lui, la 4 par lui absolument même si pour elle solution idéale dite dorénavant du beurre et de l'argent du beurre. Ceci étant établi temps de parler car à force de ne pas réfléchir puis de réfléchir le temps passe, le sale temps, et l'autre pousse, le sale autre, et pourquoi pas d'ailleurs la sale autre, après tout on ne peut pas savoir, or justement dans ce cas la langue française avec le poids de son histoire tranche, sans demander d'avis, dans le doute comme pour les pluriels mixtes, donc l'autre le et pas la, un peu arbitraire peut-être, mais c'est comme ça, blâmez la langue française, si c'était en anglais on aurait écrit *it*. Parler donc, une conversation en somme, comme beaucoup d'autres. Or qui dit conversation dit scène, c'est une convention du genre. La conversation donc se tient dans un parc, le long d'un étang gris, dans le vacarme des automobiles et des tramways passant juste à côté, entre deux rangées d'arbres dont des châtaigniers, reconnaissables à leurs feuilles en forme d'aubergine et surtout aux châtaignes jonchant le sol. C'est l'automne et les feuilles des arbres déjà jaunies dont celles des châtaigniers tombent et jonchent le sol et flottent sur les eaux grises de l'étang et sont soulevées en trombes par les automobiles et les tramways qui passent juste à côté, et eux leurs tristes pas foulent les feuilles jaunes et brunes et quelques rares châtaignes et de nombreuses cosses, les vertes fraîchement tombées et les brunes celles d'hier ou d'avant-hier, secouées des branches des châtaigniers par de sales gamins qui au sol ont ramassé pour leurs lance-pierres les châtaignes, ainsi rares, mais ont laissé les cosses, ainsi nombreuses. Non cela ne va pas. Disons plutôt alors une station de métro, par exemple la station « Maïakovskaïa » du métro de Moscou, au hasard, avec tout le long de son plafond en voûte ses jolies mosaïques ovales, avions, aéronefs, parachutistes, jeunes sportifs éclatant de santé et de joie soviétiques, jusqu'au fond de la longue salle avec tout là-bas le buste du poète, le sale buste, le sale poète. Ils marchent, elle les yeux honteux et douloureux fixés sur le béton de la plate-forme, lui le visage levé vers les mosaïques, les fragments de couleurs fichés entre les arches, cette innocence imaginaire. Non cela ne va pas non plus. En fait ils sont assis car de penser cela les a trop fatigués pour marcher. Dans un parc le soir sur un banc avec autour les ivrognes qui braillent, ou alors dans un restaurant à côté d'un aquarium glauque, voire les deux, c'est-à-dire du parc au restaurant pour fuir les ivrognes puis après le repas du restaurant au parc, quelle importance en fait ces détails scéniques, l'essentiel c'est qu'ils sont assis et se parlent, ou alors ils sont assis et se taisent, ou alors ils marchent et se parlent, ou alors ils marchent et se taisent, ou alors lui marche de long en large et se tait et elle est assise et les yeux honteux et douloureux fixés sur la table se tait aussi, ou alors c'est lui qui est assis et qui le visage levé au plafond se tait, et elle qui fait les cent pas et se tait aussi, de même en se parlant, lui marchant elle assise, ou elle marchant et lui assis. Ou alors autre variante ils s'écrivent des lettres qu'ils se tendent ou alors laissent sur un meuble en disant Voilà, j'ai écrit, lis. L'essentiel c'est qu'ils communiquent, ayant fini de ne pas réfléchir puis de réfléchir, sauf lorsqu'ils ne communiquent pas, mais vu la situation même cette non-communication en est une, de communication je veux dire. L'autre soit dit en passant tandis qu'ils en discutent ou n'en discutent pas vit sa vie d'autre, cinq millimètres et le cœur systole diastole, sans doute six millimètres le temps qu'ils finissent d'en discuter, faudrait qu'ils se dépêchent. Il lui explique donc les questions 1 et 2 et les solutions 1 2 3 et 4, la 1 ne présentant aucun intérêt ni pour elle ni pour lui et la 4 étant exclue pour les raisons que l'on sait, restent donc la 2 et la 3, or la 2 cela et le poids et la faute de cela qui ne manquerait pas quoi qu'elle dise de venir se placer sur ses épaules à lui, donc la 3, solution la moins pire, mais là surprise, car pour elle la 3 exclue, si pas lui alors pas l'autre, pas d'autre sans lui, c'est comme ça, donc si la 3 alors cela et donc la 3 est en fait la 1, pas d'autre et elle sans lui, lui sans elle et sans l'autre, merde alors, voilà qui fout tout par terre, on recommence. Donc si la 3 exclue par elle au point de se confondre avec la 1, sa 3 à lui entraînant comme qui dirait automatiquement la 1 pour elle, et la 4 dite pour elle du beurre et de l'argent du beurre pour lui hors de question car la cage le boulet au pied la clef jetée au puits, reste la 2 c'est-à-dire pour mémoire lui avec elle sans l'autre donc cela, et vite, ça pousse. Mais cela pour elle l'horreur la poubelle à quatre pattes et le sang par terre, non, et d'ailleurs si lui avec elle pourquoi pas l'autre, quelle différence, impertinente logique de femme. Donc il lui explique la cellule la porte fermée la clef, elle comprend mais l'autre dans les champs verts les rivières qu'en faire. Pas de champs pas de rivières pour l'autre pour l'autre l'aspirateur et le sang par terre, ou alors oui les champs la rivière, mais sans lui, la solution 3 pour mémoire, mais non car pas lui alors pas l'autre, solution 1, à quatre pattes la boîte d'allumettes le sang par terre, et en plus pas lui, le malheur absolu. Reste donc la 4 celle pour mémoire dite du beurre et de l'argent du beurre. Cela appelé une conversation. Difficile dans ces conditions de progresser car lui ayant tout bien analysé les solutions 1 2 3 et 4 aux questions 1 et 2, logique élémentaire, serait tout disposé à en tirer conclusion, or lorsqu'il lui parle de lui elle lui parle de l'autre et lorsqu'il lui parle de l'autre elle lui parle de lui, transformant ainsi la solution 3 en 1 et la solution 2 en 4, celle dite du beurre et de l'argent du beurre, pour mémoire même si on se répète un peu. Elle lui demandant alors d'expliquer encore pourquoi la 4 exclue, pourquoi lui et l'autre ensemble impossible, et lui lui expliquant encore les barreaux sur la fenêtre la porte à triple tour la clef jetée au milieu de l'Atlantique, et elle disant Mais non les champs verts les rivières, et lui répondant On s'en fout de tes champs et de tes rivières, ce n'est pas le problème, le problème c'est l'horreur, et eux se rendant ainsi compte que déjà sur le fond ils n'étaient pas d'accord, car sur le fond elle gardait l'espoir, le sale espoir, c'est une citation vous l'aurez remarqué, que ça serait moins mauvais qu'avant ça ne l'avait été, qu'on irait vers le moins pire et l'autre aussi, et qu'aussi mauvais que ça soit pour l'autre mauvais serait toujours moins mauvais que cela, le pire serait moins pire que rien, vil optimisme car lui restait fermement convaincu que mauvais ça avait été et pire ça serait encore, et sans doute encore pire au-delà du pire imaginable, car l'imagination a ses limites, mais le pire non, et que l'autre ça serait encore une histoire de rats en cage, merde, encore une citation, assez de citations, on reprend, donc, l'horreur étant, pas la peine d'en rajouter, pas la peine d'en envoyer encore un autre au casse-pipe, de perpétuer ainsi l'horreur encore et toujours, mieux valait en rester là. Or là justement c'est là où était l'autre, oui, cela il l'avait bien compris, et donc pour que l'autre pas là il fallait en passer par cela, oui, cela aussi il l'avait bien compris, mais pour lui cela c'était moins pire que la cage et la clef et aussi les rats et le casse-pipe pour l'autre pauvre inconscient avec ses systoles diastoles, donc hop, solution 2, mais pas pour elle, pour elle la 2 c'était la poubelle et les quatre pattes et l'autre dans la boîte d'allumettes et le sang partout partout partout, d'accord, donc retour case départ, solution 3, pas de poubelle et de quatre pattes et aussi pas de cage et de clef, les champs oui, tout, sauf que lui loin de tout ça, solution comme on le voit si ce n'est idéale en tout cas la moins pire car minimisant les frais pour tout le monde, pour elle pas le sang, pour lui pas les barreaux, pour l'autre les rivières, seul problème elle ne veut pas, pas lui alors pas l'autre, c'est comme ça, elle est têtue, merde alors. On recommence. Elle elle veut quoi elle veut le beurre et l'argent du beurre c'est-à-dire pour mémoire la solution 4, mais c'est hors de question et elle ne saurait l'imposer, car rappel des faits la faute est à elle, s'il y a l'autre alors qu'il ne devait pas y en avoir c'est qu'il y a eu faute, et la faute c'est la sienne, à elle je veux dire, sur ce point tout le monde est d'accord, elle ne l'a pas fait exprès mais quand même il y a eu erreur et de l'erreur l'autre, donc faute, la sienne, à elle je veux dire, point acquis, passons au suivant. La faute étant donnée restent quatre solutions, soit la 1 la 2 la 3 et la 4 ci-dessus définies relisez si vous ne vous souvenez pas, or la 1 intéressante pour personne et la 4 dite du beurre et de l'argent du beurre exclue par lui, restent en toute bonne logique et l'on n'est rien si ce n'est logique la 2 et la 3. Or elle dès qu'il lui parle de l'autre lui parle de lui et passe donc de la 3 à la 2 et dès qu'il lui parle de lui lui parle de l'autre passant de la 2 à la 4, ce qui est rusé mais il dit non et on recommence. La 3 elle ne veut pas si la 3 alors la 1 la cuvette le sang et en plus pas lui. Reste la 2 mais la 2 c'est aussi cela c'est aussi l'aspirateur la cuvette le sang par terre moi à quatre pattes mon amour à la poubelle mon amour dans la boîte d'allumettes l'horreur situation qui vous l'aurez certainement remarqué en dehors de toute question sentimentale aurait aussi l'effet de transférer la faute de elle à lui, comme indiqué plus haut, relisez si vous avez oublié, car la faute initiale c'est elle tout le monde est d'accord mais la faute étant donnée il y a la solution 4 celle dite du beurre et de l'argent du beurre, et si pas la 4 alors la 2 avec la boîte d'allumettes et les quatre pattes, on y reviendra, la 3 exclue car elle ne veut pas si 3 alors 1, oui mais lui ne veut pas 4, ah ça ce n'est pas pareil ah bon d'accord, revenons à la 2, la cuvette et le sang et le reste elle veut bien, elle dit oui pour la cuvette, mais rien à y faire, la faute passe sur lui, puisque faute il y a puisque pour elle cela c'est les quatre pattes et le sang, l'horreur, oui mais l'autre pour lui c'est aussi l'horreur, la cage et les murs et les rats, ah ce n'est pas tout à fait pareil ah bon d'accord, c'est dans ta tête et la boîte d'allumettes ce n'est pas dans ta tête si tu as raison je le ferai donc solution 2 mais sache l'horreur ah oui l'horreur et donc la faute déplacée la faute mienne première mais donnée deviendra la faute tienne seconde et pire encore car pas encore donnée car pas obligatoire car choix car il existe une autre solution la solution 4 comme tu l'appelles celle du beurre et de l'argent du beurre comme tu l'appelles mais je comprends que tu l'exclues oui je comprends la cage et tout ça oui je comprends et la faute est la mienne donc la solution 2 comme tu l'appelles car pas la 3 comme tu l'appelles car toute seule je ne pourrais pas toute seule ce sera aussi cela donc dès le moment où tu exclus la 4 celle du beurre et de l'argent du beurre comme tu l'appelles ça sera cela la poubelle l'amour à la poubelle du sang partout mais je le ferai et je ne te blâmerai pas chéri il n'y aura pas de faute sur toi chéri il faut juste que tu sois sûr, sûr de la chambre fermée à clef et la clef jetée à l'égout, sûr des rats en cage et je connais la citation, sûr que quelque chose aussi ça sera pire que rien, sûr de tout cela car si tu es sûr alors ça sera cela l'aspirateur chéri et notre amour à la poubelle chéri et moi ton amour à quatre pattes dans le sang à essayer de remettre mon amour chéri dans une boîte d'allumettes dans moi chéri dans mon corps vide donc il faut que tu sois sûr, sûr de ton coup, si tu ne l'es pas reste la 4 celle du beurre et de l'argent du beurre comme tu l'appelles.

Automne 2002

Récit sur rien

Ce récit, c'est l'autre jour que la pensée m'en est venue. Je roulais sur l'autoroute du Nord ; le soleil, une boule de feu trouant la pâleur du ciel, écrasait tout de sa lumière et de sa chaleur, et, pris de torpeur sous ce vaste ciel d'été, je flottais insensiblement à la limite du sommeil. Je ne savais pas où j'allais ; à vrai dire, je ne savais pas trop si je roulais, ou bien si, allongé dans cette vaste chaleur sur le rectangle sans draps de mon matelas, je rêvais que je roulais, ou bien même si je ne faisais pas ce rêve de conducteur endormi tout en roulant, les mains inertes sur le cercle de cuir noir du volant. En dormant, je me disais : il faudrait écrire sur ça et sur rien d'autre, ni sur les gens ni sur moi, ni sur l'absence ni sur la présence, ni sur la vie ni sur la mort, ni sur les choses vues ou entendues, ni sur l'amour, ni sur le temps. Déjà, cela avait toute sa forme. Obéissant à un panneau frappé d'un triangle, je quittai l'autoroute et me dirigeai vers la mer. Les parkings se succédaient, monotones, bondés de voitures chauffant au soleil. Enfin je remarquai une piste un peu isolée et m'y engageai. Elle menait à un petit bout de plage, pas trop propre, mais presque vide : seules quelques personnes y avaient étalé les carrés bariolés de leurs serviettes et y paressaient, nus et rutilants, exposés à la rage du soleil ou bien à moitié cachés sous les disques dérisoires de petits parasols ; cela me convenait, et je me dévêtis à mon tour et entrai dans l'eau. Elle était tiède et molle, et au lieu de me réveiller, cette étendue monotone, battante, enflée d'une grande rumeur ressassante m'endormait encore plus, enveloppant mon corps assoupi dans le jeu sinueux de ses formes et de ses sons. Nu, je flottais sur le dos, la tête portée sur les vagues, les yeux aveugles sous le ciel triomphant, crevé à son zénith par le feu morne et insatiable du soleil, et je rêvais que je nageais vers le large, calmement, avec patience et rythme, déployant tout en la réservant la force de mes muscles contre l'inertie de cette immense masse informe, sournoise, agitée d'une violence placide et sans relâche ; de temps à autre, ma tête passait sous l'eau, et, les yeux fermés contre la morsure du sel, je perdais toute notion de l'espace, je me retrouvais ballotté, éperdu, une sourde angoisse alourdissait mes membres qui me semblaient s'agiter comme des algues, sans plus de force ni de puissance, chacun séparé des autres et incapable de retrouver un ensemble qui eût servi à rendre un sens et une direction à ce mouvement ;

dans mes poumons, l'air se viciait, me labourait les côtes ; puis un battement contraire des vagues me rejetait au ciel, la bouche ouverte en rond au ras des flots, fouettée par les flocons d'écume, et je reprenais mes gestes réguliers, forçant mon chemin à travers ce désert sans fin. Ceci dura longtemps, jusqu'à ce que j'entende une voix, une jeune femme qui partait d'un grand rire cristallin : « Mais non, idiot, tu ne nages pas, tu rêves que tu nages. Sais-tu même nager ? » — « Mais oui », je voulus protester : or, j'avais beau ouvrir les yeux, je ne voyais personne.

Ce même jour, cela me revient maintenant, des camarades m'avaient proposé de fêter l'anniversaire de ma naissance ; mais je ne me souvenais plus de la date, ni pour tout dire du signe sous lequel j'étais né. J'étais ainsi fait : ni triste ni joyeux, ni ouvert ni privé, curieux de tout mais sans m'intéresser à rien ; je connaissais beaucoup de gens, mais ne me liais à personne. Ce n'était pas ma faute ; il fallait blâmer ceux qui m'avaient éduqué, ou ma nature vicieuse, ou encore un coup reçu sur la tête, dans le brouillard, par une nuit d'automne, sur une haute et sombre montagne.

À peine rentré en ville, je croisai une connaissance. Il descendait un grand escalier qui terminait une esplanade vide et rectiligne, son costume clair resplendissant au soleil ; pour mieux le voir, je mis ma main en visière, et il éclata de rire, exposant entre ses lèvres grenat deux rangées de petites dents régulières et brillantes, tout en tendant la main et me prenant par l'épaule : « Tu ne te souviens pas de moi ? Nous sommes pourtant amis depuis longtemps. » Il se mit à bavarder avec moi d'un ton dégagé, de tout et de rien. C'était un peu surprenant : je le pensais mort depuis des années. « Mais non ! Pas que je sache, voyons. » Nous demeurâmes un moment sur ces marches, bavardant encore ; il tenait toujours amicalement mon épaule, ses yeux riaient. Je ris aussi et lui serrai la main, avant de me diriger vers chez moi.

En ouvrant la porte, je me vis dans le miroir, un grand miroir rond appuyé contre le mur, reflétant le rectangle horizontal du matelas rayé, lui aussi posé à même le sol, et celui, vertical, de la porte ouverte, rouge à l'extérieur, blanche à l'intérieur. Dans le miroir, la figure encadrée par les montants de cette porte me regardait, souriant paisiblement ; je la trouvais assez belle, mais d'une beauté vague, indéfinie, trouble. Le soir tombait, j'appuyai sur l'interrupteur : la lumière jaillit, crue et vive, d'une ampoule nue suspendue au-dessus du matelas, dédoublée aussi dans le miroir rond. J'avais acheté ce miroir, au verre tout piqué et partiellement corrodé, à un brocanteur, et il me plaisait énormément. Il devait avoir un défaut que je n'avais pas remarqué ; au fil du temps, une fêlure s'allongea mystérieusement depuis le rebord ; puis une seconde fente commença à s'écarter de la première, formant un petit V au bas du miroir, tout semblable au pubis d'une femme ; enfin, une longue ligne horizontale vint barrer ce V. Le miroir, lui, continuait à me fixer, impassible, un œil morne de cyclope muet. Parfois, je le posais à plat sur le matelas, et je m'accroupissais le long du rebord, appuyé sur mes mains ; selon l'angle, je voyais alors mes traits étonnamment abstraits, très éloignés, ou bien seulement l'ampoule suspendue au plafond, ou alors encore rien, rien du tout, comme s'il s'était agi non pas d'un miroir mais d'une fosse béante et lumineuse, légèrement violacée, découpée dans mon lit, dans laquelle j'aurais pu basculer tête la première pour disparaître à tout jamais. Parfois aussi, j'enfilais des dessous féminins – des bas, une fine culotte de dentelle noire, un soutien-gorge rembourré – avec parfois aussi une fine robe, ou parfois sans, et je détaillais longuement cette belle forme féminine, élégante, racée, aux muscles fins et bien dessinés, à la peau blanche sous laquelle serpentaient d'épaisses veines gonflées de sang, perdant ainsi dans cette image toute notion de temps, de lieu, de ma personne ou de ma pensée. Que quelques oripeaux achetés à la va-vite au supermarché suffisent ainsi à faire une femme, une vraie image de femme, voilà qui m'émerveillait, c'était un sortilège, de la pure magie. Rien ne venait troubler ce bonheur. Une fois pourtant, il m'arriva une chose curieuse : un enfant, dans le coin de ma chambre, disait doucement mais distinctement : « Tu ne devrais pas faire ça. » Je ne savais pas qui il était, ni ce qu'il faisait là, mais je lui répondis avec bienveillance : « Et pourquoi donc ? » — « Je préférerais que tu ne le fasses pas. » Je le contemplai en souriant, tendrement. Dans le disque du miroir, la dentelle arachnéenne rehaussait les reins cambrés de la figure qui s'y reflétait, plongeait entre ses fesses ; plus bas, une autre bande cerclait sa cuisse. Je regardais toujours l'enfant blond, immobile et buté dans son coin, les poings serrés le long des jambes ; enfin, sans le quitter des yeux, je tendis lentement la main vers l'interrupteur, j'appuyai, et tout cela, enfant et forme féminine, cercles et rectangles, s'évanouit dans le noir.

J'aimais aussi sortir ainsi dans la rue, avec ces dessous de dentelle sous mes vêtements : cela me procurait une sensation étrange, légère et flottante, comme si les deux sexes à la fois se promenaient dans mon corps à travers la ville. Assis devant une boisson fraîche, à une terrasse de café sur une place publique, je scrutais les femmes qui passaient, songeais à leurs vêtements, aussi légers et flottants que mon sentiment, à ce qu'elles portaient en dessous, dentelle ou tissus fins, qu'elles laissaient souvent entrapercevoir : pour elles, ces couches délicates sur leur corps n'ajoutaient rien, n'ôtaient rien, elles étaient femmes tout simplement, nues ou vêtues, avec ou sans artifice, même habillées grossièrement, ou comme des hommes, elles restaient femmes ; ces pièces de tissu, si affolantes pour moi, leur étaient aussi naturelles que leur propre peau, c'était juste la texture de leurs vies, une chose agréable et caressante peut-être, mais dont elles pouvaient se passer : tout au plus, parfois, le plaisir les prenait-il à la gorge en ôtant lentement ces dessous devant le désir avide d'un homme. Moi, ils me transformaient du tout au tout, faisaient de moi une libre oscillation, autour de laquelle flottaient librement mes désirs, se portant sur tout et rien, se fixant seulement pour se détacher et se porter sur leur contraire, avant de revenir ou de partir ailleurs, et je ne savais plus si j'étais homme ou femme, sauf si l'on me le disait. Cela me rendait étonnamment mouvant et j'adorais cela. Mais il se pouvait aussi que ce fût tout un rêve, comme cet autre rêve dans lequel j'essayais de déchiffrer les notes que j'avais prises au réveil d'un troisième rêve encore, une longue histoire merveilleuse, tout comme celle-ci. Je voyais les mots, quelques dessins griffonnés à la hâte, j'essayais de reconstituer ce rêve perdu, qui me fuyait insensiblement mais avec régularité, tel du sable qui s'égrène d'un triangle du sablier à l'autre ; il m'échappait comme m'échappe ce récit. À vrai dire, je ne savais jamais trop si je dormais ou si je veillais, cela aussi il fallait qu'on vienne me le dire. Mais la réalité ne manquait jamais de gens prêts à la fixer, aussi arbitrairement soit-il, comme cet ami, celui de l'escalier et qui aurait dû être mort, mais qui me secouait l'épaule en riant : « Alors, l'homme, tu dors ? » Il s'assit en face de moi et commanda, but, commanda encore. « J'ai quelque chose pour toi, disait-il, je te connais, ça va te plaire. » Il tira une disquette de sa poche et la posa sur la table ronde. « Qu'est-ce que c'est ? » — « Tu verras, tu verras. » Déjà il se levait et s'éloignait sans payer ; cela me réjouissait, j'étais heureux pour lui de sa confiance, de sa liberté, de sa légèreté. Le disque, argenté dans un fin écrin carré et transparent, était resté sur la table, je l'oubliai en partant ; quelques pas plus loin, la serveuse me rattrapa par la manche pour me le rendre. Elle avait un beau sourire, une peau brune et soyeuse : elle aussi, elle portait son corps avec aisance, comme si ce n'était pas un miracle.

Je remontai dans ma haute tour carrée, suspendue au-dessus de la ville. Au fond, derrière les derniers immeubles, grise, métallique, la mer dressait comme une longue muraille sous le pâle ciel d'été ; lorsqu'un gros navire passait, on aurait pu penser qu'il volait lentement au-delà de la ville. De nombreuses grues, bleues ou vertes, barraient le ciel de leurs fourches entrecroisées ; à droite, la masse ronde d'une petite montagne venait cacher la ligne de la mer. J'allumai mon ordinateur et insérai la disquette que m'avait laissée mon ami. Il s'agissait d'un court film pornographique, réalisé non par des professionnels mais visiblement par les gens qui y figuraient, deux hommes et une femme, ainsi qu'un quatrième, celui qui tenait la caméra et qu'on ne voyait jamais. Des deux hommes, le premier était encore jeune, au corps massif et aux cheveux coupés ras ; l'autre s'enfonçait déjà dans une graisse velue, et arborait de grands favoris un peu anachroniques, reliés à une moustache. La femme, elle, portait des bas noirs et un loup rouge, et son corps un peu épais montrait les signes de l'âge ; lorsqu'elle baissait la tête, son menton formait de gros plis avec son cou ; mais elle avait des cheveux magnifiques, noirs et lourds, retenus à la nuque par un élastique. Les deux hommes lui caressaient le corps ; puis le plus jeune commençait à la baiser, tandis que l'autre promenait sa verge sur ses lèvres. Elle gémissait mollement, pleine de son plaisir mais aussi attentive à la scène. Les relations entre les personnages m'intriguaient : il devait y avoir un mari, au moins un amant en titre, cela me paraissait la loi du genre, car il ne s'agissait clairement pas d'une fille payée pour le plaisir des deux hommes, au contraire, c'étaient les hommes qui se voyaient placés au service du plaisir de cette femme, or quelque chose dans leur attitude à tous, surtout la sienne, passive dans sa jouissance, suggérait qu'elle n'avait pas organisé la scène elle-même, mais qu'elle avait été organisée pour elle par un autre, qui partageait ainsi son plaisir. Mais qui était-il ? Le gros à favoris, plus ouvert, moins empressé dans ses gestes que le jeune, ou bien celui qui tenait la caméra, dont l'objectif restait focalisé sur le corps de la femme et ce qui lui arrivait ? Mais on ne pouvait pas tout à fait exclure que l'appareil fût tenu par une autre femme. Or à ces quatre acteurs venait s'ajouter un cinquième, figure principale de ce petit film : le regard. Toute la mise en scène était ménagée pour lui. Il y avait bien sûr celui de l'homme ou de la femme qui tenait la caméra et scrutait la scène par son viseur, comme il y avait le mien, qui la contemplait sur l'écran de mon ordinateur ; mais celui des trois figures nues sur les draps verts se voyait aussi mettre en jeu, dédoublé non seulement par l'attente du film à venir, mais là, immédiatement, par un grand miroir qui occupait tout le mur à côté du lit, et où ils s'observaient à tour de rôle. À un moment, un homme – le gros, ou celui qui filmait ? – prononçait une phrase, dans une langue que je ne comprenais pas, de l'italien ou un dialecte local peut-être, et cette phrase me semblait devoir dire : « Ça te plaît, ce que tu vois ? », car la femme, toujours baisée par le jeune, se regardait attentivement se faire baiser et filmer dans la grande glace. « Si, si », haletait-elle ; et la caméra ne filmait plus les trois corps entremêlés, mais seulement leur reflet dans le miroir, où la femme, répandue dans son plaisir, les yeux comme des billes noires dans son masque rouge, se mirait en pantelant, la bouche ouverte, la langue tirée comme celle d'un taureau épuisé par l'insaisissable chiffon rouge du matador, obscène et belle dans son obscénité. Elle se contempla ainsi longuement ; puis, lentement, elle bascula la tête vers la queue offerte à sa bouche. Après, cela continuait, ils la déplaçaient, la prenaient à tour de rôle ; elle, elle se laissait aller à leurs bras et leurs corps, à leurs sexes avides, mais elle s'observait aussi constamment dans le miroir, comme pour s'assurer, Oui, c'est bien moi, cette sublime pute-là, aux beaux cheveux et au corps si lourd et si femelle, en train de se faire baiser par ces deux types, ah quel bonheur. Les hommes aussi se regardaient, mais sournoisement, en ricanant parfois. Cela s'achevait rituellement, avec leur sperme sur la bouche de la femme, son visage, son masque, ses seins, une brève jouissance affreusement pauvre après la sienne, qui débordait de ce petit film de moins de vingt minutes.

Ces images, si maladroites et banales, me soulevèrent de joie : ravi en extase, comme par la suavité d'une pêche mûre, je me sentais sur le point de décoller du sol. Dehors, maintenant, il faisait nuit, les lumières de la ville brillaient devant le ciel et la mer confondus en un seul vaste plan noir, sans fond. Je visionnai encore plusieurs fois ce film ; à chaque fois, il me crevait le regard, clouait tous mes désirs, d'ordinaire si labiles, en un unique point aveugle devant lequel je me retrouvais comme pétrifié, à bout de souffle. Pourtant, comme je le découvris assez rapidement, ce n'était qu'un exemplaire bâclé d'une considérable série, réalisée à la chaîne par une société de production un peu plus rusée que les autres ; or, ce savoir n'y changeait rien, strictement rien : ces images restaient ce qu'elles étaient, figées dans l'éternelle répétition de leur perfection si violemment humaine. Je ne quittais plus ma chambre, je ne bougeais presque plus de mon matelas ; à peine pouvais-je m'en soulever lorsqu'un besoin urgent me pressait. Manger, boire, je n'y songeais pas ; sans doute étais-je malade, mais je n'en savais rien de plus que ce que l'on aurait pu m'en dire ; or, personne ne venait, je demeurais seul au milieu de mes miroirs déformants, qui altéraient non pas l'image qu'ils renvoyaient, mais celui-là même qui s'y mirait. Ce fut toujours le même ami qui me donna enfin par téléphone ce bon conseil : « Tu devrais aller trouver un médecin. » En fait de médecin, j'en eus droit à deux, des femmes fines et raides dans leurs longues blouses blanches, l'une encore jeune et fort accorte, l'autre nettement plus âgée et plus loquace aussi. « Décidément, je vous trouve mauvaise mine », disait-elle avec des gestes d'oiseau. Ensemble, elles m'obligèrent à me dévêtir, m'auscultèrent, me palpèrent, me scrutèrent à tour de rôle les orifices du corps, avec des commentaires cryptiques pour moi, mais sans doute riches de sens pour elles. À la fin, je me retrouvai couché sur le ventre, le médecin plus âgé, qui avait enfilé des gants de latex, m'écartait délicatement la raie des fesses, et les deux femmes se tenaient penchées sur mon anus comme sur un puits, discourant tranquillement de ce qu'elles y voyaient. Elles me renvoyèrent avec des médicaments, choisis un peu au hasard je pense, et je les prenais au hasard aussi, dans cet esprit : si mon état s'améliorait, c'est qu'ils étaient bons, s'il empirait, mauvais.

Malgré mon état préoccupant, il m'arrivait encore de regarder le petit film. J'avais fini par saisir quelque chose : plus que de la vue, qui m'avait tant absorbé, c'était de l'ouïe que naissait mon émoi, si vif devant cette scène. Je fis cette découverte tout à fait par hasard ; par une fausse manœuvre, j'avais coupé le son de mon ordinateur ; muettes, ces images n'étaient plus que des gesticulations grotesques. Alors qu'il me suffisait de fermer les yeux et d'écouter les gémissements, les râles, les mots hachés, heurtés, les respirations entrecoupées, pour me retrouver happé : trouvaille éblouissante, aveuglante presque, mais néanmoins limitée, en ce que l'écho de ces sons, qui d'abord ouvrait la voie, finissait lui aussi par former un obstacle insaisissable, élastique mais infranchissable ;

pris dans ses rets, je me voyais de nouveau rejeté, brutalement renvoyé à moi-même, et ainsi tout recommençait, en une folle virevolte qui ne faisait que m'enraciner dans mon impossibilité.

« Viens avec nous ! » m'avait lancé mon ami, péremptoire : comment refuser un tel commandement ? Je me retrouvai ainsi avec toute une compagnie dans une autre ville, où se déroulait une féria. Dans les rues régnait la liesse, portée par une foule innombrable, joyeuse et surexcitée, affolée autant par la liberté accordée à ces quelques jours que par le soleil, l'alcool, les rires et la bousculade désordonnée des corps. Nous marchions sans but ; quand l'envie nous en prenait, nous buvions du vin frais, debout dans la rue ou serrés à des terrasses bondées. Vers le soir, mon ami déclara : « Viens, nous allons voir la course de taureaux. » Mais pour cela, il me fallait un cigare, et j'entrai dans le premier tabac venu où le marchand m'apostropha : « Un cigare, oui, mais lequel ? Comment le voulez-vous ? » — « Comme vous voulez, pourvu qu'il dure six taureaux. » Dans l'arène, on se serrait sur les gradins en pierre ; la piste s'étalait à nos pieds, un disque pâle cerclé de rouge par une vive barrière de planches peintes. Rien ne venait troubler sa calme ordonnance, ni les cris et les gesticulations de la foule, ni la musique relancée par la fanfare, ni le déroulement, mesuré et frénétique, des figures liées et déliées par les hommes en costumes scintillants autour du taureau, monstre noir, brutal et débordant de vigueur, et pourtant si rapidement achevé. Lorsque les mules traînaient le corps, le sang dessinait une longue virgule rouge sur le sable ; vite, des hommes s'avançaient avec des râteaux pour l'effacer, afin que rien ne vienne troubler cette surface placide où se réfléchissaient la gloire et le triomphe du tueur de taureaux. Tout m'enchantait, les gestes accueillis d'une ovation rugissante comme ceux qui récoltaient des huées, et je prêtais autant d'attention à la longue cendre de mon cigare qu'à la corne de la bête, apparaissant et disparaissant dans les plis ondoyants des capes roses et jaunes. Déjà déboulait du fond de l'arène le cinquième taureau. L'homme qui devait le tuer était, paraît-il, célèbre pour son talent, la pureté de son style et de ses mouvements. Lorsque le taureau s'arrêtait, soufflant, nerveux, confus, il le citait de très loin, presque à l'opposé du cercle rouge, avant de se rapprocher à petits pas menus, raide et cambré, encourageant de la voix et de la cape la bête à charger, ce qu'elle finissait toujours par faire ; alors, immobile, les deux pieds joints et le buste fièrement rejeté en arrière, l'homme faisait tranquillement couler l'animal autour de lui, comme un courant de mer contournant un roc. On m'avait, bien entendu, expliqué les règles du jeu : rien n'obligeait l'homme à rester planté là, à offrir son ventre ou ses reins à la corne, si proche parfois qu'elle accrochait les dorures de son costume ;

c'était une question d'étiquette, qui en cette affaire était tout ; la blessure ou la mort n'entraient pas en ligne de compte. Justement, l'homme s'apprêtait à tuer le taureau ; dressé sur la pointe des pieds, tourné de profil, il visait la nuque de sa longue épée recourbée, droit entre les cornes de la bête épuisée, perdue mais encore furieuse ; la main gauche avec son morceau de flanelle rouge croisée devant son corps, il plongea droit ; l'instant d'après, il rebondissait sur les cornes, un pantin désossé, une poupée de chiffon, grotesque dans son beau costume doré, comme s'il devait rester accroché là toujours, tandis que ses assistants s'élançaient en criant et en agitant vainement leurs capes. Enfin il tomba à terre, les hommes éloignaient la bête, d'autres voulaient emporter le blessé ; « Ça ne fait rien », semblait-il dire en se relevant et en reprenant l'épée qu'on lui tendait, « ça ne fait rien ». Il revint se planter face au taureau. Son visage, ses mains, son costume solaire étaient recouverts de sang ; arqué, de profil, il tenait son épée levée du bout des doigts, en un triangle parfait avec son bras, comme pour saluer son adversaire, et il regardait celui-ci de deux yeux noirs et ronds, vides de toute pensée sauf la perfection du geste à recommencer, des yeux qui fixaient la bête à tuer comme ils auraient fixé un miroir. Puis il eut un geste vif et déjà il tournait le dos au taureau qui titubait, entraîné dans le ballet des capes lancées sous son museau, l'épée plantée jusqu'à la garde dans le collier ; il marchait sans se retourner vers la barrière rouge, tandis que l'animal s'effondrait lourdement derrière lui, les quatre pattes en l'air, dressées vers le ciel.

Le soir, je me retrouvai dans une cave ; sur une scène au fond, des hommes vêtus de noir, assis sur de simples chaises en bois, les pieds posés à plat sur l'estrade, jouaient de la musique. C'était très beau ; mais à vrai dire, ce qui me plaisait particulièrement, c'était le rideau tiré derrière eux, un long rideau plissé de velours grenat, éclairé d'une vive lumière. On m'avait tendu une boisson, rouge aussi, dans un haut verre droit, je ne savais pas bien ce que c'était, du vin peut-être ; j'étais assis à une petite table ronde, en compagnie de plusieurs personnes, je ne savais pas trop qui elles étaient ; mon ami devait être là, mais peut-être s'était-il absenté. Après un temps, quelques jeunes filles sortirent sur la scène, portant de longues robes noires constellées de pois rouges, comme de grosses lunes sanguinolentes parsemant un ciel nocturne ; elles dansaient avec des gestes raides, mais d'une raideur étrangement souple, formant puis défaisant des carrés, des ronds ; lorsqu'elles tournoyaient, droites et fières, leurs amples jupes s'envolaient autour de leurs fines jambes musclées, se déployant en grandes couronnes fluides, semblables à la roue lancée dans son dos par un matador hautain mettant fin à une série de passes en amenant son taureau à genoux. Elles se détachaient du rideau rouge comme des ombres, elles virevoltaient en claquant des talons, rendues plus présentes par ces sons cadencés et les figures qu'elles dessinaient, figures statiques et presque maladroitement enchaînées, à l'instar des passes de capes mal liées d'un novice encore peu sûr de sa bête, que par leurs corps effacés derrière le tissu des robes à lunes ; seule la sueur trempant leurs aisselles, visible lorsqu'elles levaient les bras pour faire serpenter leurs poignets et claquer leurs doigts, en rappelait parfois la matérialité. Je devenais lentement ivre, et cette ivresse me rendait euphorique ; or en même temps, je m'en rendais compte, tout comme les gestes du torero au centre du cercle rouge de l'arène, tout comme les mouvements des danseuses sur le rectangle de la scène, elle était aussi une forme de communion, le pas au-delà qui insensiblement ouvre le chemin du monde de la mort, révélant à celui qui s'y engage qu'il s'y trouve déjà de plain-pied, depuis toujours.

Je retournai à l'arène ; sous la roue flamboyante du soleil, la barrière rouge brillait, sa grande courbe tranchée de biais par la ligne de l'ombre. Or l'on passait d'un cercle à l'autre : car, plongeant mon regard dans celui formé par l'arène, je me retrouvais finalement face non pas au taureau et à sa corne, mais à moi-même, à mon visage blême et égaré, reflété dans le rond dépoli du miroir de ma chambre ; et la chair que crevait la corne de la bête, lorsqu'elle attrapait le matador malchanceux dans le triangle musculaire à l'intérieur de la cuisse, presque par hasard et tout à fait comme il m'arrivait, à moi, d'accrocher parfois le triangle doux et vulnérable d'une jeune fille que la chance rabattait sur moi, n'était sans doute d'une certaine manière autre que la mienne, offerte nue, sans aucune protection, ni celle risible des dessous en dentelle, ni celle, éclatante et souveraine, signifiée par le fabuleux costume de lumière, tout juste, peut-être, celle du désir sans fin, voletant par-ci par-là comme une muleta agitée par le vent, oripeau sanglant, insaisissablc, dcrisoirc, confondant toutes ces formes en un geste impossible, pour mieux les séparer à jamais.

Dans ma chambre, je passais de longues heures à me reposer, allongé sur mon matelas, les rideaux tirés mais la porte-fenêtre grande ouverte, laissant la brise courir sur ma peau nue. La tête tournée vcrs lc mur, le miroir rond me rappelait sa présence ; il ne reflétait plus mon corps, mais son cercle était rempli par les plis sombres et gondolés du rideau, incessamment agités par le vent. Lorsqu'une envie quelconque me venait, je me levais. L'eau, étalée tout au fond devant mes fenêtres, m'attirait ; tout à coup, je la désirais éperdument, sans retenue, mais d'un désir qui ne portait en soi ni la patience de quitter de nouveau la ville, ni le courage d'affronter les foules et le bruit et la saleté des plages au pied des rues. Or un peu plus loin, sur le petit mont, solution simple à ces difficultés, il y avait une piscine, et pour s'y rendre, le métro. À un arrêt, un jeune couple vint s'asseoir à côté de moi, d'abord le garçon, puis, à califourchon sur ses genoux, dos à sa poitrine, la fille. Elle portait une espèce de short-salopette blanc, et dévorait avec gourmandise une banane ; de profil, je voyais ses taches de rousseur, elle paraissait assez ordinaire, mais vivace et rieuse. Lui, je ne le voyais pas du tout : il caressait de la main le ventre de son amie, et à chaque mouvement son bras velu et soyeux effleurait le mien, comme si nous participions tous les trois à ce geste affectueux, comme s'ils voulaient sans se concerter m'y inclure avec eux, et moi, j'en étais ravi, je leur étais reconnaissant pour cette présence amicale. La fille avait achevé sa banane ; profitant d'un autre arrêt, elle bondit hors du wagon pour jeter la peau, puis se rejeta vite à l'intérieur, en riant, et revint se couler sur les jambes du garçon, qui reprit son manège. Leur image se reflétait dans le rectangle de la vitre opposée, je regardais la fille, maintenant affalée dans les bras de son homme, se laissant aller de tout son poids, heureuse. À la piscine, un large carré bleu à ciel ouvert, dominant la ville, je plongeai allègrement mon corps dans l'eau fraîche et claire ; tout en barbotant, ou en me reposant appuyé au rebord, je pouvais parcourir des yeux les vastes étendues d'immeubles, des piles de cubes entassés en désordre par un enfant maladroit, ou bien, me laissant aller sur le dos, me perdre dans l'immense coupole vacillante du ciel. Autour de moi résonnaient les rires, les cris de joie, les bruits d'eau ; les corps dénudés luisaient au soleil ; tout à côté, dans un autre bassin, des enfants hardis et gracieux tentaient des plongeons acrobatiques depuis de hautes plateformes étagées. Ils plongeaient toujours à plusieurs, les filles avec les filles et les garçons avec les garçons ; leur témérité m'émerveillait : jamais je n'aurais été capable de mouvements aussi beaux, précis et courageux. Sorti de l'eau, je m'assis encore dégoulinant à une petite table ronde et commandai une coupe de sorbet au citron vert ; je laissai le soleil me sécher tout en dégustant la glace et en regardant plonger les enfants. Deux fillettes s'étaient placées au bord de la plateforme la plus élevée, haute d'une douzaine de mètres, dos à la piscine, les bras le long du corps, leurs petits muscles nets et tendus : sans se concerter, elles basculèrent droit en arrière dans le vide, comme des planches ; suspendues en l'air, elles déplièrent les bras, formant une pointe devant leurs têtes juste à temps pour venir crever la surface de l'eau comme une puissante flèche. Déjà d'autres gamins rieurs prenaient leur place, j'achevai avec bonheur mon sorbet, savourant avec chaque petite cuillerée l'attente du retour à la douceur de l'eau.

Mon ami m'avait invité à fêter son anniversaire. En arrivant au pied de l'immeuble, je sonnai plusieurs fois au numéro indiqué : enfin, une dame apparemment âgée me répondit, d'une voix fluette, presque inaudible : « Ce n'est pas ici. » — « Mais c'est l'adresse qu'on m'a donnée ! » m'indignai-je. — « Je sais, vous n'êtes pas le premier. Mais ce n'est pas ici. » — « Où est-ce donc ? » — « Je ne sais pas. » En fait, c'était l'appartement en face, de l'autre côté du palier ; malin, j'avais attendu dans la rue en fumant que d'autres gens arrivent pour m'indiquer le bon chemin. « Ah, tu as apporté à boire, c'est bien ! » s'exclama mon ami, balayant mes protestations sur son erreur : « Ce n'est rien, ce n'est rien. » L'appartement était petit, la foule dense, bruyante ; les gens buvaient, parlaient, il n'y avait pas de musique. Je ne connaissais pas grand monde ici, personne en vérité, à part mon ami. Mais les gens étaient ivres et excités et ce n'était pas difficile de lier conversation avec eux. Je me retrouvai à parler avec une jeune fille, une Russe. Elle buvait beaucoup et riait, d'un rire cassant, mais sympathique ; un de ses bras blancs portait une série de cicatrices, de grosses biffures inégales, qu'elle m'affirma s'être infligées elle-même, sans que je comprenne bien ni comment ni pourquoi. Mais peut-être ne voulait-elle pas vraiment le dire. Une grosse femme blonde, assez vulgaire, était entrée et l'embrassait ; c'était sa mère, déjà ivre, accompagnée d'un homme bien plus jeune qu'elle, à la barbichette soigneusement taillée. « Mon beau-père », ricanait la jeune Russe ; moi, je continuais à boire. Dans le couloir, une autre femme, la maîtresse de maison je pense, m'attrapa la nuque et m'embrassa goulûment la bouche. Doucement, je la repoussai. « Non ? Tu ne veux pas ? » Elle me regardait d'un air éperdu, affolé. — « Non, répondis-je en souriant avec gentillesse, je ne veux pas. » — « Ça ne fait rien », rétorqua-t-elle en continuant pesamment vers la cuisine. Dans le salon, la mère de la jeune Russe lâchait un gros rire guttural et agitait ses seins laiteux devant le regard ébloui de son compagnon. Sa fille était assise à une table basse ; en compagnie de deux amies (des jumelles identiques en apparence, mais qui dès qu'on leur parlait révélaient des caractères étonnamment contraires, l'une douce, attentive et patiente, l'autre rêche, presque rageuse, nourrissant un ressentiment sourd qui assombrissait chacune de ses paroles), elle prenait de la cocaïne, indifférente à sa mère qui jouait avec les cheveux bouclés de son amant et buvait. Elle aussi buvait, méthodiquement, elle devait déjà être tout à fait ivre et pourtant elle restait lucide, claire, amicale. J'étais sans doute aussi très ivre, comme elle. Elle me parlait beaucoup ; pourtant, elle ne semblait pas s'intéresser particulièrement à moi, elle disparaissait subitement au milieu d'une phrase, me laissant avec ses deux amies ou bien le mien. J'essayais de parler à ce dernier, mais il était complètement incohérent, je ne comprenais rien. Son frère, qui avait sept ans de moins que lui mais dont on fêtait aussi l'anniversaire – l'un était né avant minuit, l'autre après, et l'on était passé d'un anniversaire à l'autre, sans heurt –, hochait la tête et gloussait d'un air entendu ; de temps en temps, il extrayait de sa poche un petit sachet et versait de la cocaïne sur la table, invitant d'un geste large les convives à se servir. Quand je le pouvais, je reprenais ma conversation avec la jeune Russe. Sa mère avait disparu, la femme qui avait voulu m'embrasser était affalée près de la table, elle me regardait d'un air mauvais et avide, je lui répondis d'un sourire et continuais à parler avec la jeune fille. Celle-ci cherchait encore à boire. Toutes les bouteilles étaient vides, elle attrapait maintenant sans hésiter les verres abandonnés sur la table et versait leur contenu dans le sien, mélangeant en riant les différents vins et buvant sans relâche. Enfin je réussis à la convaincre de partir. Dans la rue, le ciel pâlissait, elle me tira tout de suite dans un bar où je lui payai plusieurs coups à boire ; elle était passée à la bière, moi, je buvais encore des petits verres d'alcool. Lorsqu'elle me regardait, curieusement, ses pupilles non seulement reflétaient mon visage, bouffi et défait par l'alcool, mais se trouvaient comme encadrées par la réflexion de la fenêtre dans mon dos, deux petites billes noires enchâssées dans deux carrés lumineux. J'essayais de la convaincre de rentrer avec moi, mais elle refusait amicalement et fermement mes offres ; l'alcool et la cocaïne l'emplissaient, faisaient vibrer son corps maigre d'une joie mauvaise ; pourtant elle restait parfaitement maîtresse d'elle-même : « Ça ne se fait pas ainsi », disait-elle avec un rire limpide, un peu cassé. Je riais avec elle, on se comprenait très bien. Dehors, il faisait jour. En montant dans le taxi, je proposai au moins de la déposer en chemin, mais elle refusa aussi et enfin me poussa assez vivement dans la voiture. Tandis que celle-ci démarrait elle s'éloigna à longues enjambées, me lançant un dernier salut avec un grand sourire crispé, fragile et heureux.

Je conçus rapidement une vive passion pour cette fille. Je l'appelais au téléphone, on bavardait, échanges triviaux de petits riens ; toujours elle gardait cette distance amicale. Je l'invitai à la piscine : elle refusa, sous prétexte d'une allergie au chlore, et rien ne pouvait la convaincre d'aller à la mer. Le soir, on se soûlait ensemble. Elle apprenait le persan : heureux de ce prétexte incongru, je dissertais sur la genèse des langues indo-européennes, sujet que je connaissais somme toute peu, mais qui me réjouissait beaucoup. Parfois, de sa manière sûre et précise, elle m'interrompait et passait abruptement à un autre sujet, sans aucun rapport ; une heure plus tard, toujours aussi abruptement, elle y revenait, pour vite le quitter de nouveau. Lorsqu'elle parlait, je la regardais. Elle n'était pas à proprement parler jolie ; mais l'aisance et l'assurance avec lesquelles elle habitait son corps et son visage me ravissaient. Son rire fusait, les verres et les glaçons cliquetaient, les briquets grinçaient et claquaient, les pièces de monnaie tintaient sur le zinc des tables rondes, oh douce idylle. À la fin de la nuit, elle me quittait toujours de la même manière, cordiale, rieuse, ferme et gaie.

En vérité, ce n'était pas réellement cette fille-là que j'aimais, mais une autre. J'en avais rêvé une nuit, seul dans ma chambre haute, un long rêve tendre et profond qui m'avait gonflé de tant de bonheur que je reçus le réveil comme un coup d'épée à la nuque, infligé avec précision par le jour impitoyable. Elle était brune, cela j'en suis à peu près sûr, brune et pleine d'amitié et de joie et de folie ; je ne savais pas qui elle était, jamais auparavant je ne l'avais vue, néanmoins je la connaissais, j'en étais certain, et elle aussi me connaissait et m'attendait, tout en distrayant ses jours comme elle le pouvait, usant librement de son corps et de son temps et de sa beauté, qui pourtant m'étaient réservés à moi, son triste prince d'Aquitaine. Elle ne faisait rien pour me plaire ou me déplaire, et cela m'était égal ; ses amis et ses amants, de grands gars joyeux et violents, je les ignorais et je ne les recevais pas chez moi. J'en avais connu d'autres comme eux, avant, à l'Est, lors de guerres sanglantes qui ressemblaient à des fêtes, j'avais ri et bu avec eux tandis qu'ils s'entretuaient, préservant pour moi ma part, toujours libre. C'est peut-être pour cela qu'elle m'avait aimé : mais je n'avais rien reçu d'elle, ni en bien ni en mal, elle ne m'avait accordé aucun droit ni fait aucun tort ; ce qu'elle m'avait donné, elle l'avait fait librement, tout comme elle me l'avait repris, je n'avais rien à redire à cela, même si moi, je brûlais de la tête aux pieds, d'un feu de glace qui ne laissait aucune cendre. En même temps je me moquais bien d'elle. J'avais rencontré une autre fille, bien plus belle et gentille, vive et drôle et qui valait mieux. C'était à l'occasion d'une autre fête encore, une grande fête populaire, les rues grouillaient de monde, des corps suants, gais et fatigués, qui s'éparpillaient comme des moineaux devant la charge de colonnes de diables ricanants, armés de roues de feu qui lançaient tout autour de grandes gerbes d'étincelles, et suivis de tambours alignés qui battaient impassiblement la mesure, frénétique, lancinante, affolante ; derrière eux, la foule se reformait en riant, se bousculait, tourbillonnait, puis cela recommençait. Je passai la nuit à danser avec cette fille, que je ne connaissais pas ; un par un, les gens autour de nous partaient, vaincus par l'épuisement et l'alcool. Au matin, je l'amenai chez moi, mais au lieu de la coucher dans mon lit, je la pris dans mes bras et basculai avec elle sur le divan, pris d'un fou rire. Je l'embrassais et elle m'embrassait aussi, riant aussi et protestant mollement, je caressais et humais ses longs cheveux ondoyants, son beau corps vivace, je lui embrassais le cou, la nuque, sa petite oreille ; lorsque ma main chercha à se glisser dans son pantalon, toutefois, elle me saisit le poignet, d'un geste ferme et tranquille ; j'insistais encore, entre deux baisers je glissais mes doigts par-ci, par-là, puis revenais lentement vers l'élastique ; de nouveau, elle y opposait une résistance douce mais sans appel. Enfin je commençai à la caresser à travers le tissu fin de son pantalon, sous lequel je sentais, rugueuse, la texture des dessous ; elle se laissa aller, sa respiration s'accrocha à sa gorge, faisant place à un long gémissement heureux. J'étais heureux aussi, car la rendre heureuse me comblait, je continuai à la masser avec délicatesse, elle bougeait lentement sous moi, suivant en petits cercles le rythme patient de mes doigts, et je fermai les yeux et plongeai mon visage dans ses beaux cheveux odorants, tout près de son oreille, respirant à pleines narines leur senteur mêlée à celle, ténue et âcre, de sa sueur, tandis que tout doucement ses mains descendaient et défaisaient ma ceinture et mon pantalon, sans hâte, bouton par bouton, et dégageaient ma verge pour la tenir ainsi, entre les paumes, en la caressant légèrement, d'un mouvement infime, juste pour le plaisir de la sentir sous ses doigts alors que la jouissance prenait son jeune corps.

À ce récit, il n'y a plus rien à ajouter. Ne sachant trop d'où il vient, je ne sais pas ce qu'il veut dire, ni à qui il pourrait être destiné ; déjà, il me signifie mon congé ; il ne me reste plus qu'à l'envoyer à quelqu'un, qui lui l'enverra à un autre, plus loin, là-bas, sans espoir de retour, de contre-clé qui mettrait fin à ma dépossession. Tout au plus aurais-je voulu qu'il ait le goût d'un sorbet au citron vert, frais, léger, acidulé, pris au soleil au bord d'une grande piscine, dans l'eau claire de laquelle les baigneurs plongent leurs corps comme on plonge dans l'âpreté de la vie, sans un regard en arrière.

En pièces

Les éclats de rire des enfants me perçaient les oreilles et je renonçai à lire. Avec un soupir, je refermai le livre sur mon doigt et, découragé, laissai basculer ma tête contre le dossier de la chaise longue. Les rires continuaient à fuser, suivis d'un long cri strident ; de l'intérieur de la maison émanaient des appels, des voix de femmes. Je fermai les yeux et tentai de me concentrer sur les picotements de mon visage chauffé au soleil. Mais c'était en vain et je rouvris les yeux. J'étais assis au fond du jardin ; à mes pieds, l'herbe vibrait doucement, un grand triangle de lumière verte butant contre le vert plus sombre de la haie et des grands arbres touffus qui se découpaient sur le ciel blanc, leurs feuilles remuées par une légère brise. Derrière moi, une cavalcade chaotique se rapprochait, entrecoupée de cris de joie ; un enfant fila à côté de ma chaise, renversant la petite table sur laquelle reposait mon verre, heureusement vide. Je soupirai de nouveau, posai les pieds à terre et me penchai pour redresser la table et y replacer le verre. J'y déposai aussi mon livre, dont la reliure de toile couleur menthe se découpait comme un petit rectangle lumineux sur le bois sombre de la table. Les enfants, tout près, roulaient sur la pelouse en hurlant ; un peu plus loin, une petite fille blonde vêtue d'une courte robe jaune moutarde les observait pensivement, allongée sur le ventre et appuyée sur les coudes, un long brin d'herbe entre les dents. Je les contournai tous et pénétrai dans la maison. Par contraste avec le jour les pièces paraissaient plongées dans l'obscurité et, momentanément aveuglé, je clignai des yeux en avançant à tâtons vers le long couloir. Le soleil tombait de biais par les hautes fenêtres et traçait de fines lames de lumière sur le plancher ciré. Indécis, je promenai mes doigts sur le papier peint couleur crème, aux motifs floraux entrelacés de filets dorés, avant de m'arrêter devant une reproduction encadrée, qui figurait une demoiselle hautaine des temps passés, au visage pâle et sévère comme un masque d'ivoire plaqué sur tout sentiment, cachant à jamais les mouvements secrets de son corps. De nouveau, des rires d'enfants résonnaient au fond du couloir, se rapprochaient ; tout me paraissait solide, bien trop solide pour moi. J'entrai dans une chambre, pris un livre au hasard et m'assis sur le bord du lit. Au-dessus du châlit en laiton ouvragé pendait un tableau, une œuvre originale cette fois-ci, qui représentait un groupe de personnages vêtus de marron, de rose et de blanc, dispersés dans un jardin ombragé. Une jeune fille, assise, lorgnait de biais vers le spectateur ; une autre, rieuse, appuyait sa tête et ses mains croisées sur la puissante épaule d'un homme en veston ; le tissu de sa fine robe d'été, peint avec art, laissait deviner un corps souple et agile, qui se tenait avec une curieuse torsion, une jambe ramenée sous l'autre, comme si elle allait se retourner d'un bond pour faire voltiger sa robe autour de ses hanches. J'ouvris le livre et le feuilletai, distrait par les cris qui retentissaient derrière la porte, des hurlements de joie perçants entrecoupés de rires enfantins, auxquels de temps en temps venaient se mêler des bribes de voix plus adultes, amusées ou grondeuses, d'abord toutes proches puis plus lointaines, perdues dans les tréfonds de la vaste maison. Un enfant entra, un garçon blond aux cheveux courts, lui aussi cherchait un livre. Il ne m'accorda pas un regard, je l'observai en silence tandis qu'il fouillait la bibliothèque, repoussant rudement les volumes qui ne lui convenaient pas avant d'enfin arrêter son choix, puis de ressortir sans un mot. Était-ce mon enfant ? En toute sincérité, je n'aurais pas pu le dire. Je regardai les pages du livre, mais les mots flottaient devant mes yeux, vides de sens. Enfin je le déposai sur le couvre-lit brodé et sortis à mon tour, continuant dans le couloir vers le grand salon. Une petite fille, peut-être celle de tout à l'heure, peut-être une autre, arrivait vers moi à toute allure, ses pieds nus martelant le plancher ; elle heurta ma jambe, éclata de rire, et continua sa course sans marquer de pause. Au salon, le garçon blond lisait assis à une table, entre deux grandes fenêtres par lesquelles se déversait un flot de lumière ; ses cheveux dorés brillaient, mais son visage sérieux et concentré était dans l'ombre, je ne voyais pas ses yeux, fixés sur les pages ouvertes. Devant lui, sur la table, reposait un grand bol de fruits ; sans lever la tête, il y porta la main et s'empara d'une prune qu'il ramena à ses lèvres pour la mordre en aspirant le jus. Un peu au-dessus de sa tête, entre les croisées, était accrochée une toile dans un cadre en bois tout simple, une jeune fille pensive en chemisier rose, assise à une longue table, une pêche à la main. L'intérieur, très blanc avec des meubles sombres et discrets, ressemblait à celui où je me trouvais ; mais cette fille au regard à la fois serein et joueur y avait sa place, tandis que moi j'errais comme une ombre parmi ces pièces pleines de vie. Près de moi, assises avec un chat sur un long canapé en cuir bordeaux, deux jeunes femmes bavardaient en buvant du thé : « Tu as vu la météo ? » — « Oui, ils annoncent de la pluie. » — « On ne dirait pas, pourtant. » Le chat, ronronnant, s'étira puis se rendormit d'un coup, sa tête pointue posée sur ses deux pattes allongées. Je m'avançai un peu, jusqu'au centre du grand tapis rouge qui emplissait la pièce, elles continuaient à parler sans faire attention à ma présence, j'hésitai, traçant du pied les motifs noirs et blancs, entrelacés de bleu, du tapis, puis me dirigeai presque à reculons vers le grand buffet qui se dressait au fond du salon pour me verser à mon tour une tasse de thé. Il était encore chaud ; je reposai la lourde théière en céramique et soufflai sur la tasse en écoutant d'une oreille distraite le verbiage des deux femmes ; mon regard se promenait entre les différentes peintures qui ornaient la pièce, passant de l'une à l'autre avant de revenir en arrière, pour enfin finir par se poser de nouveau sur l'enfant à la chevelure ensoleillée. Absorbé dans sa lecture, il ne prêtait aucune attention à ce qui l'entourait, pas plus à moi qu'aux deux femmes qui conversaient en riant, et dont l'une était peut-être sa mère. Son regard, courant sur les lignes imprimées du livre, ne percevait qu'un flot d'images intérieures, bien plus vraies et passionnantes pour lui que tout ce qui se trouvait dans cette maison ; or en même temps, il vivait sa vie d'enfant en parfait accord avec cet entourage, les grandes pièces aérées et lumineuses de la vaste demeure étaient comme une extension de son petit corps, aussi variées et mystérieuses que ses humeurs. Moi, je regardais ces personnes qui m'environnaient, je les regardais attentivement, mais elles me restaient hors de portée, comme une image vue à travers une paroi de verre ; j'avais beau y presser mon visage, impossible de passer outre, de briser cette surface invisible ou au contraire de m'y plonger comme dans une étendue d'eau froide, et derrière elle, les choses, égales à elles-mêmes, venaient s'ordonner dans une grande tranquillité muette, un agencement harmonieux de couleurs, de lumière, et de mouvements, qui organisait en une seule paisible mais inaccessible image enfant blond, chat endormi, femmes bavardes, et la jeune fille à la pêche.

Au repas, cela continuait. Les enfants criaillaient, s'esclaffaient, ricanaient, renversaient leurs verres sur la table, essuyaient leurs bouches avec leurs manches ou frottaient leurs doigts graisseux sur leurs pantalons, les femmes les grondaient, les essuyaient, puis les resservaient, le tout dans un vacarme continu de couverts, de vaisselle, et de bruits de mastication. Si je voulais du vin, il fallait que j'attende que quelqu'un serve une autre personne pour tenter d'attraper quelques gouttes au passage, mon verre tendu en travers de la table ; pour manger, je piquais au hasard du bout de ma fourchette dans les assiettes voisines, un haricot par-ci, un morceau de viande par-là, personne ne semblait le remarquer. De temps en temps, profitant d'une brève pause dans la conversation, je hasardais timidement une phrase, mais elle passait inaperçue, le flux de paroles et de cris continuait sans relâche. Les enfants se levaient dans un grand bruit de chaises, partaient jouer, puis revenaient grignoter debout avant qu'on ne les force à se rasseoir, ils buvaient en laissant couler du jus sur leurs mentons et leurs chemises, piochaient à la main dans leur assiette pour jeter des morceaux indésirables dans l'assiette de leur voisin, puis se levaient de nouveau d'un bond pour retourner à leurs jeux, sourds à toute injonction. Au dessert, tout le monde fila au salon avec sa part de gâteau ; accablé, j'avalai rapidement les restes abandonnés dans les assiettes tandis qu'on débarrassait autour de moi. Au salon, des visiteurs arrivaient, on leur servait des alcools et des petits cigares tout en entamant une discussion entrecoupée de plaisanteries et de mots galants ; je cherchai une chaise, pour au moins m'asseoir et écouter, mais en vain, il n'y en avait pas une de libre, mieux valait se retirer. Je me retrouvai dans une grande salle de bains toute blanche et bleue, trois petites filles barbotaient en riant dans une grande baignoire emplie de mousse, mais alors que je tentais de passer, elles se mirent à agiter les bras en piaillant, envoyant de grands jets d'eau à travers la pièce et me forçant à reculer pour ne pas être trempé. L'enfant blond, lui, jouait du piano dans une autre chambre, une petite comptine toute simple dont il égrenait les notes en marquant les temps à voix basse. Je voulus tendre la main pour jouer quelques notes de concert ; sans me remarquer, il rabattit le couvercle sur mes doigts et fila dans un bruit rapide de pas. Je rouvris le piano et tentai d'esquisser le début d'un morceau, mais mes doigts engourdis ne se souvenaient plus des gestes. Au-dessus du piano, le portrait d'un vieillard à l'aspect noble et un peu amer me contemplait avec un air de reproche, les lèvres pincées comme pour me signifier que je n'avais pas ma place ici. La fatigue m'envahissait, je décidai de me coucher ; or je ne savais pas où dormir : je visitai plusieurs chambres, toutes également propres et belles, enfin j'en élus une, au hasard. Je me déshabillai au pied du lit, repliant avec soin mes vêtements que je déposai sur une chaise ; au moment de me glisser sous les draps, je saisis le reflet de mon corps dans le grand miroir rond suspendu en face du lit, un corps blanc, apparemment plutôt bien fait, mais qui m'était comme complètement étranger. J'éteignis la lumière et m'allongeai sur le flanc, une main sous la joue, l'autre rabattue contre ma poitrine. Mais je ne parvenais pas à trouver le sommeil. À travers la porte en bois résonnaient encore des cris d'enfants, des bruits de pas, des éclats de voix. Ils semblaient provenir de tous les côtés de la maison, passaient d'un endroit à l'autre, s'éloignaient, puis revenaient tous ensemble fondre sur moi. La joie s'était muée en colère, j'entendais des pleurs, des phrases brusques et hachées, sans savoir de quoi il retournait. Cela se calmait, puis reprenait, enfin les voix devinrent plus légères, plus enjouées. Une femme rit aux éclats, un homme se joignit à elle, les enfants aussi riaient calmement dans un coin. Un peu plus tard, je ne dormais toujours pas, la porte s'ouvrit et une forte lumière jaillit du lustre. Je serrai les paupières et enfouis ma tête dans l'oreiller. Près de moi, quelqu'un se dévêtait à son tour, j'entendis des froissements de tissu, puis le son d'une brosse passée à travers de longs cheveux. Enfin la personne se glissa dans le lit à mes côtés et, me tournant le dos, éteignit la lumière. À son odeur, j'avais compris qu'il s'agissait d'une femme ; son corps, chaud et doux, se laissa rapidement aller au sommeil, sa respiration s'égalisait, puis s'emplit d'un très léger ronflement. Agacé, je me retournai sur le dos et ouvris les yeux. Peu à peu, ceux-ci s'habituèrent à l'obscurité ; les tournant de côté, je discernais tout juste la courbe des draps, tirés par-dessus l'épaule de la femme, et la masse sombre de sa chevelure. De nouveau, je regardai le plafond, scrutant dans la pénombre les longues poutres en chêne et le lustre dont les facettes de verre taillé et les branches de cuivre jaune accrochaient de vagues reflets lumineux. La femme à mes côtés dormait sans bouger, les draps s'élevaient et s'abaissaient au rythme régulier de sa respiration. Mais le sommeil continuait à me fuir, mes pensées, inquiètes, se refusaient à me le concéder. Lorsque enfin je vis pâlir le ciel derrière la vitre, je me levai sans bruit et m'habillai dans la pénombre. La femme s'était tournée sur le dos, je devinais son bras sous le drap, étendu sur son ventre, la main nichée entre les jambes. Je sortis en refermant doucement la porte. Je me perdis vite dans le désordre des pièces : dans l'une, quatre enfants dormaient dans des lits superposés, leurs petites têtes émergeant à peine des draps et des entassements de peluches ; dans une autre, une vieille femme ronflait, blottie dans un étroit lit de fer poussé contre le mur ; plus loin encore, c'était un couple, la tête de la femme nichée au creux de l'épaule de l'homme, le drap brodé repoussé, révélant un sein blanc à la large aréole rosâtre, laiteux contre la poitrine plus sombre sur laquelle il reposait. Dans les couloirs déjà éclaircis par le jour, les tableaux poussiéreux se dégageaient de l'obscurité, dessinant de petits rectangles de couleur sur les murs tendus de tissus écru, asperge et blanc cassé, rehaussés de brun ou d'or. Enfin je trouvai la sortie et me glissai par la porte que je refermai avec soin sur la maison endormie, veillant à ne troubler personne.

Le portail se verrouilla derrière moi avec un léger déclic et j'émergeai dans la pâleur de l'aube. La rue, après le passage des camions de nettoyage, était encore humide ; le long du trottoir, les grandes feuilles encore hésitantes des platanes masquaient le ciel blanchissant, strié de jaune et de reflets orangés. Je marchais d'un pas dégagé, examinant avec une bouffée de plaisir le ciment du trottoir, appliqué en grandes touches libres, comme avec des coups de pinceau, puis élargissant mon regard pour y inclure les gris de la chaussée, des façades des maisons, et des troncs marbrés de vanille des platanes, le vert anisé des feuilles dans la lueur du petit matin, le rouge corail, le bleu marine, le jaune canari ou le blanc des carrosseries des voitures garées. Parvenu à l'immeuble, j'insérai ma clef plate dans la serrure, posée en hauteur, de la lourde porte en bois, et pesai dessus de toutes mes forces pour la repousser et pénétrer dans l'étroit hall d'entrée. Déjà, je me sentais plus vigoureux : je reprenais de la solidité, mon corps retrouvait ses formes et ses limites, venait à nouveau occuper l'espace. Devant moi se dressait la porte, peinte d'un vert olive, d'un voisin perpétuellement absent ; à ma droite, l'escalier en bois couleur lavande, recouvert d'un vieux tapis usé en velours rouge, fixé aux marches par de petits rails en laiton, menait à l'entresol, où se trouvaient mes portes. Là, j'hésitai devant celle de gauche, peinte en noir, et celle de droite, d'un rouge cardinal ; mais mon corps revigoré me rappelait ses propres exigences, et je fis demi-tour et ressortis dans la rue, à la recherche d'un troquet ouvert. Un peu plus haut se trouvait une petite place bordée de platanes ; un garçon de café en gilet noir à rayures dorées disposait sur le trottoir des tables rondes en marbre verdâtre et des petites chaises en osier couleur paille, tressées de rouge et de noir, dont deux étaient déjà occupées par des hommes en manteaux sombres. L'un d'eux lisait le journal, le grand titre, dont je n'apercevais que la moitié, évoquait un pays connu pour son hostilité envers nous ; l'autre leva brièvement la tête : sous le rebord de son chapeau mou, des lunettes teintées cerclées d'écaille masquaient son regard. J'entrai dans le café tandis que le garçon déposait devant eux deux petites tasses blanches, et commandai à mon tour un café et des tartines beurrées, que je dégustai lentement au comptoir avant de reprendre un café et de fumer une cigarette, jouissant avec bonheur du sens retrouvé de mon corps.

Dehors, au coin de la rue, j'aperçus une ombre derrière un des platanes. Je bondis et la saisis par le poignet : « Que veux-tu ? Que fais-tu ici ? Tu m'espionnes ? » Elle me toisa d'un air mutin et tenta de dégager son bras, mais je la tenais fermement. « Viens avec moi. » Sans la lâcher, je la ramenai à l'appartement, elle me suivit sans protester vers la porte bleu azur, qui se détachait de loin au milieu de la grande façade en brique sale de l'immeuble. En l'ouvrant, je remarquai que la peinture s'écaillait : Il faudrait la repeindre, me dis-je en repoussant le battant, peut-être d'une couleur mieux assortie à celle de l'escalier. Je tirai la fille, qui ne protestait toujours pas, sur les marches vers le palier étroit, où de nouveau j'hésitai devant les deux portes. Je me décidai enfin pour celle de gauche, la noire. La pièce était sombre, j'allumai : tout, les meubles, le sol, la mezzanine surélevée du lit, était recouvert de grandes bâches de plastique, sales mais translucides. Une des bâches, drapée sur un tabouret, formait un renflement sur lequel était posé un jouet de construction, un assemblage de pièces rouges, jaunes, bleues, noires et blanches, la seule touche de couleur dans cette pièce grise et abandonnée, comme en attente de réparations indéfiniment repoussées. Je contemplai avec une moue la fenêtre, derrière laquelle luisait faiblement le mur blanc du puits d'aération intérieur. « Bon, l'autre pièce, alors », concédai-je enfin à regret, sans regarder la fille qui se taisait toujours. Celle-là était plus dégagée, je le reconnus sans hésiter ; la fenêtre, ici, donnait sur un mur en briques, si proche qu'on pouvait presque le toucher, mais la longue pièce étroite ne paraissait pas sombre, et je la trouvais à ma convenance. Les murs étaient clairs, autrefois ils avaient dû être blancs, mais le temps les avait tachés et souillés, on y voyait même des traces indistinctes de couleur, et ils étaient recouverts d'images, des photographies, des coupures de journaux, de vieux tirages sépia, des pages arrachées de livres, épinglées ou collées là avec du scotch jauni. Qui avait bien pu assembler cette foison d'images, je n'en avais aucune idée, peut-être était-ce un autre locataire, peut-être était-ce moi, à une autre époque, difficile à dire. Près de la porte se dressait une planche en bois blond, posée sur des tréteaux métalliques, sur laquelle traînaient quelques livres, la plupart aux couvertures arrachées, et des liasses de papiers ; de l'autre côté, une table basse et ronde avec une chaise occupait l'espace devant le lit, si large qu'il ne laissait qu'un passage étroit pour accéder à la porte de la salle de bains, peinte du même rouge que la porte d'entrée. J'indiquai le lit à la fille : « Tiens, couche-toi là. » Elle me contourna avec un rire de gamine et traversa le plancher acajou comme si elle n'avait pas de pieds ; devant le lit, elle se retourna d'un mouvement fluide et se laissa choir en arrière, les bras en croix, éparpillant ses cheveux blond vénitien sur l'étendue lilas des draps, sans quitter son ciré vert pomme qui découvrait des jambes mates et élancées. Je m'assis à la table ronde, me versai un verre d'une bouteille qui traînait là, et allumai une cigarette. La fille partit d'un grand rire cristallin et se releva d'un bond. « Tu es drôle ! » riait-elle. Elle laissa couler son ciré sur le lit ; dessous, elle portait une courte robe d'été aubergine, en mousseline peut-être, qui lui arrivait à peine en haut des cuisses. Elle passa les doigts dans ses cheveux épais, coupés mi-longs, et s'avança d'un pas sautillant. Je tendis la main pour lui caresser la cuisse au passage, mais elle l'esquiva d'un geste souple, et mes doigts effleurèrent juste le tissu fin et crissant de la robe tandis qu'elle se glissait derrière le bureau et se mettait à jouer avec les papiers, feuilletant distraitement les liasses. « Laisse ça », grognai-je, amusé. — « Pourquoi tu ne me sers pas à boire ? » demanda-t-elle en souriant, sans quitter les papiers du regard. Je lui versai un verre et le lui apportai ; elle but une gorgée et tout à coup leva sur moi ses grands yeux sombres, profonds, rieurs. « Tu me fais couler un bain ? » — « Fais-le couler toi-même », rétorquai-je avec mauvaise grâce en me rasseyant à la table ronde. Elle éclata de rire, se releva et retraversa la pièce en défaisant dans son dos les agrafes de sa robe, qu'elle fit glisser d'un grand geste souple par-dessus sa tête pour l'envoyer rejoindre le ciré vert sur les draps. À part la robe, elle ne portait qu'une petite culotte en tulle saumon, presque transparent, j'admirai la longue courbe de son dos, l'éclat de sa peau dorée, sa nuque fine sous les cheveux courts. « Tu es un goujat ! » me lança-t-elle avant de se retourner, les mains sur les hanches. « Tu me trouves belle ? » continua-t-elle en redoublant de rire. Ses mamelons bruns se dressaient sur ses petits seins, je pouvais deviner son pubis épais sous le fin tissu de la culotte, elle faisait bouffer ses cheveux des deux mains et souriait de toutes ses dents, jeune, splendide et fière. Je ne répondis rien, heureux simplement de la regarder. « Goujat ! » répéta-t-elle, sans cesser de rire. Elle ouvrit la porte de la salle de bains et s'affaira près de la baignoire émaillée ; l'eau fusa des gros robinets blancs. Je l'observai par la porte entrebâillée : elle se redressa et ôta sa culotte, levant vers l'arrière un pied, puis l'autre ; puis elle disparut de ma vue et j'entendis un jet liquide, plus fin et aigu que celui de la baignoire. Tandis que l'eau continuait à couler je laissai mon regard errer sur les photographies tapissant les murs. Il y avait là des images étranges, une femme enceinte marchant fièrement devant des soldats alignés en rang d'oignons, une foule d'hommes massés, le poing levé, avec chacun une couverture rayée attachée en travers de l'épaule, deux hommes en costumes noirs debout devant une haie, un parapluie multicolore à la main, le bas du visage couvert d'un masque chirurgical. Une d'elles en particulier attirait mon attention : un soldat asiatique, au milieu d'une foule en costumes orientaux d'époque, achevait l'épée à la main un grand mouvement tandis que la tête d'un condamné agenouillé devant lui surgissait de ses épaules, dans un épais jaillissement de sang. C'était la saisie parfaite d'un double instant, pratiqué à la manière d'un sport : celui où la lame tranche le cou d'un geste perfectionné, synchronisé à celui où le doigt du photographe appuie sur le déclencheur, le moment de la mise à mort articulé au moment de la fabrication de l'image, l'image rêvée, inouïe, accomplie, dans sa répétition banale (car de telles images, il en existait, je le savais bien, des centaines), de l'instant de la mort d'un homme. Encore juchée sur les épaules, la tête hésitait, la bouche déformée dans un cri muet et les yeux serrés devant l'insaisissable évidence, comme hésitait la vie du condamné, encore et pour toujours suspendue au bref déclic de l'obturateur. La fille, nue, était ressortie de la salle de bains, elle flânait devant le lit en se brossant les dents, vigoureusement, comme une petite fille, une légère mousse blanche sur les lèvres. Elle me jeta un regard, sourit à travers la mousse, puis retourna à la salle de bains. J'achevai ma cigarette en contemplant de nouveau l'image du Chinois décapité avant de la rejoindre. Elle s'était déjà couchée dans la baignoire ; l'eau, encore agitée, brouillait les lignes de son corps, dont seul le visage étroit et les pointes des seins dépassaient de la surface bleutée. « Oui, tu es belle », reconnus-je tristement en m'asseyant sur le rebord pour tâter la température de l'eau.

Au fond, cette fille ne me déplaisait pas. Elle était joyeuse, légère, elle disait oui à tout. Mais quelque chose en elle m'échappait toujours. Dans mes bras, nue, elle frémissait comme un oiseau secouant ses ailes, mes gestes tiraient de son corps de longs soupirs qui se muaient en râles étouffés, mais j'avais beau la toucher, la caresser, écarter ses membres souples pour m'enfouir en elle, je ne parvenais jamais à la saisir, et le sentiment d'elle me glissait perpétuellement entre les doigts. Je jouissais aussi, en de longues coulées blanchâtres sur sa peau dorée, puis je m'allongeais à ses côtés, la recueillais dans mes bras, dormais un peu ; quand je me réveillais, tout recommençait, sans fin, sans conclusion, sans assouvissement. Lorsque nous parlions, elle me répondait en riant, des mots légers comme elle, pas vraiment vides, mais sans consistance, comme une agréable ponctuation à mes propos. Nous mangions tout ce qui nous tombait sous la main, dans des bistrots ou des cantines choisis au hasard, j'avalais les mets avec appétit mais sans discernement, pour reprendre des forces avant de la ramener à la chambre. Elle, tout lui était égal, elle prenait ses plaisirs sans soucis, dans la légèreté du moment, à la fois avide et indifférente. Mais elle ne pouvait me rendre compte de rien, et moi, je ne parvenais jamais à m'assurer d'elle, ni dans son corps ni dans ses mots. Pourtant, dans cette pièce aux murs recouverts de photographies, je me sentais tout à fait moi-même, une créature égale aux autres, vivant de sa vie propre, selon la règle générale, comme tout ce qui est. Seule la fille échappait à cet accord inexprimé, sa présence restait une dissonance perpétuelle, toujours oblique. Sa vivacité même en faisait une apparition, un petit papillon de nuit qui voltige entre quatre murs pour venir mourir au petit matin. Je ne me lassais pas d'elle, il ne s'agissait pas de ça, mais je ne savais pas qu'en faire, ni où ni comment la placer pour assurer un équilibre même transitoire, je me heurtais aux arêtes de son petit corps mobile comme à des surfaces mal ajustées, incapable de la situer dans le même espace que moi, ne serait-ce que pour un moment.

Je retrouvai mes amis dans le compartiment du train avec une forme de contentement. L'une d'entre eux m'avait appelé en riant : « Tu n'as pas oublié, au moins ? C'est demain matin, le train part à 8 h 43. J'ai ton billet. » — « Quel temps va-t-il faire, là-bas ? » — « Je ne sais pas. Ils annoncent toujours de la pluie, mais pour le moment il fait beau. » En refermant la porte rouge de la chambre, je me rendis compte que je n'avais pas pris de sac ; quant à la fille, je ne savais pas trop où elle était, il se pouvait qu'elle soit restée dans le lit, et que je ne m'en sois pas aperçu, ou bien peut-être était-elle sortie avant moi, je ne sais pas. Devant la porte de mon immeuble se tenaient deux hommes en costumes sombres : l'un, le pied levé sur une marche, notait quelque chose dans un carnet, l'autre me retint un instant pour me demander du feu. En chemin, je passai de grands immeubles modernes, des assemblages de cubes aux tons bleutés, bruns et rouille, où les vitres s'agençaient à des plaques en métal pour former de longues bandes verticales, découpées en tranches de largeur inégale. La circulation s'activait, je croisais beaucoup de gens, des hommes et des femmes se dépêchant au travail, perdus dans leurs pensées ; de temps en temps, seulement, une jeune femme levait les yeux et me souriait, je le lui rendais bien, mais c'était rare. Dans le hall de la gare régnait une agitation joyeuse ; mes amis, dans le compartiment que nous avions réservé, s'échangeaient des livres ; j'allai commander un sandwich au bar du train et m'installai sur un haut tabouret. Le train s'était ébranlé dans un grincement, derrière la vitre défilaient déjà les immeubles de la ville, puis des faubourgs de plus en plus confus et sales, qui laissèrent enfin place aux premiers arbres et à des champs ponctués de jolis petits cimetières. Le ciel était clair, lumineux, strié de longues traînées blanches ; au loin s'assemblaient quelques nuages, qui plaquaient de grandes ombres informes sur les champs de blé et d'orge pâle. La destination, ce n'était pas moi qui l'avait choisie, mais l'amie qui m'avait téléphoné la veille ; l'un après l'autre, elle nous avait longuement vanté les charmes de cette petite ville de province ainsi que le plaisir de la foule qui le soir, en cette saison, emplissait ses rues : tout, selon elle, en faisait le but idéal pour notre excursion. L'hôtel aussi, c'était elle qui l'avait sélectionné : ma chambre était toute blanche, avec une moquette ivoire et un couvre-lit blanc, une chaise en cuir noir, et comme unique décoration l'image d'un carré rouge encadrée au-dessus du lit. La douche, carrelée de blanc et de gris, était spacieuse, je me mis avec plaisir sous l'eau, regrettant vaguement que la fille ne soit pas là, car cette douche lui aurait plu, j'en étais certain ; mais j'oubliai aussi vite qu'elle était venue cette pensée, m'abandonnant au jet brûlant qui me martelait la nuque.

Mes amis désiraient visiter une église, puis se promener ; pour ma part, j'optai pour le musée, et convins avec eux d'un rendez-vous en début de soirée. Le ciel, au-dessus du dédale de ruelles étroites qui menaient à la place du musée, virait au gris, et je me disais que j'aurais dû écouter les prévisions et amener un parapluie, ou tout au moins un imperméable. Le musée, encore peu connu, venait tout récemment d'ouvrir ses portes : un riche excentrique de la région, dont la fille unique, disait-on, s'était pendue, avait laissé sa collection à la ville, ainsi qu'une fortune suffisante pour en assurer la conservation et l'exposition. Les salles n'étaient pas grandes, mais elles étaient hautes et claires, blanches comme ma chambre à l'hôtel, ce qui donnait un sentiment d'espace propice au recueillement. Il y avait peu de visiteurs, les rares sons restaient feutrés, même les pas résonnaient à peine sur le plancher ciré. Je traversai ces pièces alignées comme des chapelles, promenant mon regard sur les images accrochées là, dont la plupart, en vérité, ne me disaient rien. C'étaient de beaux tableaux, peints avec talent et vigueur, les figures, rendues selon toutes les règles de l'art, paraissaient dotées de vie et de mouvement, mais ils ne me parlaient pas, et je passai mon chemin. Je tombai enfin en arrêt devant une grande toile presque carrée, légèrement plus grande que moi, un fond rouge sur lequel était peint un grand rectangle noir, puis en dessous un autre rectangle plus étroit, rouge aussi mais d'un ton plus sombre que le fond, et plus irrégulier. C'était certes peu de chose, mais ce qui me frappa, c'est que si l'on marquait le pas pour les contempler, ces rectangles se mettaient à bouger, à avancer ou à se retirer, démesurément. Lorsque je reculais un peu, le rectangle noir avançait doucement vers moi, comme s'il m'invitait à le rejoindre ; mais dès que je prenais un pas en avant, il reculait à toute allure et passait loin derrière le fond, se révélant comme un abîme béant dans lequel je manquais de sombrer. Pris d'effroi, j'esquissais un pas de retrait, et tout de suite il bondissait en avant, retrouvant en un instant sa place suspendue devant le fond, s'ouvrant à moi avec un léger sourire muet. Le rectangle inférieur, lui, se dérobait de manière plus espiègle : par exemple, si l'on effectuait un ou deux pas de biais, il changeait de couleur, virait à l'orange, une couleur sourde, un peu brûlée ; sinon, il dansait de côté à côté, toujours un peu en retrait du grand rectangle noir. Cette peinture étonnante agissait comme si c'était elle qui me regardait, elle était un visage, souriant avec sérieux et bonté, qui me regardait le regarder, sans me lâcher du regard, m'empêchant de m'éloigner ou même de regarder ailleurs. Il fallut qu'un gardien vienne enfin me tapoter sur l'épaule : « Monsieur, on ferme, c'est l'heure. » Libéré par son intervention, je rejoignis les derniers visiteurs se dirigeant vers la sortie. Dehors, quelques gouttes étaient venues l'une après l'autre tacheter la pierre grise du trottoir, une me frappa au front, une autre à la main. Juste en face, un magasin fermait ses portes ; la vendeuse, aimable, me permit de lui acheter un chapeau en feutre avant de tirer son rideau. Sur la place où je devais rejoindre mes amis, la foule était dense, compacte et bruyante, les premiers signes de pluie ne décourageaient ni sa gaieté, ni son animation. Je trouvai mes amis à la terrasse couverte d'un café, et commandai un verre tandis qu'ils se moquaient de mon chapeau, pourtant bien pratique. Nous buvions et nous fumions, ils me décrivaient l'église par le menu, pour ma part je me taisais, heureux d'entendre le son excité de leurs voix. Quand nous quittâmes le bistrot, la pluie s'était intensifiée, les parapluies, dans la foule, s'ouvraient l'un après l'autre, ils commençaient à s'entrechoquer, à tel point que je devais parfois rentrer la tête dans les épaules pour éviter un coup dans l'œil. Petit à petit, au sein de cette foule, je perdais de vue mes amis ; enfin, ils disparurent tout à fait, et je me retrouvai seul. Je n'étais pas inquiet : La ville n'est pas si grande, me disais-je, je vais vite les retrouver. Je longeais un parapet en pierre un peu incurvé ; derrière, je le savais, coulait la rivière qui enserrait la ville dans sa boucle, mais il faisait trop noir de ce côté-là pour y voir quoi que ce soit. Vers moi s'avançaient deux hommes en imperméable, marchant du même pas, leurs visages invisibles sous leurs grands parapluies noirs. Je trouvais leur apparence vaguement menaçante ; mais arrivés à ma hauteur, ils s'écartèrent sans un mot, passant de part et d'autre de moi pour se rapprocher de nouveau dans mon dos. Plus loin, la rue montait en s'élargissant, menant à un grand pont en pierre qui reliait cette berge à la partie nouvelle de la ville ; à l'entrée du pont, je rebroussai chemin, choisissant une ruelle étroite qui remontait vers les places hautes. Mais là non plus je ne retrouvai pas mes amis. Des figures louches, en longs manteaux, se tenaient en petits groupes sous les arbres, chuchotant furtivement ; des voitures aux vitres teintées allaient et venaient en un incessant ballet, l'une parfois s'arrêtait à la hauteur d'un des groupes, une portière s'ouvrait, alors on échangeait quelques mots, ou bien un homme montait, claquait la porte, et la voiture repartait. Au-dessus des rues et des petites places, des luminaires suspendus à des fils brillaient dans la nuit, leur lueur, sous la pluie maintenant continue, formait comme des grands nimbes ovoïdes. Il se passe des choses étranges, ici, me disais-je en évitant ces groupes d'hommes à l'aspect inquiétant ; de mes amis, j'avais beau arpenter les rues, il n'y avait aucune trace, les passants se faisaient plus rares au fur et à mesure que l'heure avançait, mais néanmoins je m'obstinais, je fouillais chaque recoin avec un sentiment grandissant de malaise. Je me retrouvai ainsi dans un petit parc niché entre les vieilles maisons, de grands arbres anciens poussaient entre les allées, juchés sur des monticules entourés de rails en métal ; dans un renfoncement, un peu en retrait, se dessinait l'ouverture d'une sorte de tonnelle, accessible par quelques marches et faiblement éclairée ; j'y passai la tête, dans le vain espoir d'y trouver mes amis conversant à l'abri de la pluie, mais sur les bancs de pierre il n'y avait que trois militaires, en uniformes d'officier aux épaulettes mouillées ; ils fumaient des cigarettes et parlaient d'une voix forte, sans me prêter attention. « Franchement, ils exagèrent », disait l'un d'eux, sa moustache grise, jaune de nicotine, tressaillant au-dessus de sa bouche déplaisante. — « Oui, c'est certain. Ils nous provoquent », déclara le second en soulevant son képi pour se gratter le front. — « On ne peut pas laisser passer ça », concluait gravement le troisième. « Il faut réagir. » Je les laissai à leur débat et rejoignis la rue, profondément découragé. Mon hôtel, je le savais, ne se trouvait pas trop loin ; peut-être valait-il mieux rentrer attendre là, plutôt que d'errer ainsi sous la pluie. Et puis tous ces types sinistres ne me disaient rien qui vaille. Justement, deux d'entre eux, les mains dans les poches, se tenaient devant l'hôtel ; malgré la nuit et la pluie qui tombait toujours en petites gouttes fines, ils portaient des lunettes noires, comme s'ils jouaient au policier, ou bien à l'espion. Je passai devant l'entrée sans m'arrêter, ils me suivirent du regard mais ne bougeaient pas. La ruelle redescendait rejoindre la rue principale ; ici, la foule s'épaississait, mais il me semblait toujours apercevoir un des sinistres bonshommes, planté sous un arbre ou assis derrière la vitre d'une brasserie. Au fond de la grande rue se dressait la gare ; un train partait dans l'heure, j'achetai un billet et y pris place avec soulagement, essuyant du revers de la manche le feutre mouillé de mon nouveau chapeau.

La pluie striait les vitres du train ; au-delà, tout était noir, opaque, inaccessible. À l'arrivée il pleuvait encore, une averse ferme et soutenue maintenant, je parvins à l'appartement trempé, un peu mécontent. La fille, à peine vêtue d'une culotte de coton chartreuse avec de fines rayures rouges, feuilletait une revue, allongée à plat ventre sur le rectangle lilas du lit. « Qu'est-ce que tu fiches ici ? » demandai-je, surpris, tout en me débarrassant de mes vêtements mouillés. Elle me sourit tandis que je me débattais avec mon pantalon : « Eh bien, je t'attendais. » — « Tu aurais pu mettre le chauffage, au moins, maugréai-je. On gèle, ici. » Bien que presque nue, elle ne semblait pas le remarquer, or moi je frissonnais, je me hâtai d'enfiler un pantalon sec, puis une chemise et un chandail. Cela ne changeait pas grand-chose et je m'assis à la table ronde pour me verser à boire. La fille s'était redressée et, assise en tailleur, me contemplait d'un air amusé : son sourire, sa taille fine, ses petits seins dressés, l'arête de ses genoux, tout en elle m'adressait comme un reproche, amical et indistinct. Mon verre à la main, je me levai et vint prendre place derrière le bureau. La fille bascula en arrière, la tête dans les oreillers, ses genoux, se touchant, formaient avec ses pieds posés à plat sur les draps violacés un triangle instable, qu'elle balançait tranquillement d'un côté à l'autre. « Viens ici, si tu as froid. » — « Non, pas maintenant », répondis-je distraitement en tripotant un stylo et en déplaçant des papiers, promenant mon regard sans vraiment les voir sur les innombrables images ornant les murs. « Prends un bain chaud, alors », suggéra-t-elle. Je me frottai les épaules : « Non, pas maintenant. » Un petit œuf en verre, opaque et assez rugueux, s'était retrouvé sous mes doigts ; je le soupesai, le fis glisser sur ma paume, puis le levai à la lumière : il s'éclaira d'une lueur chaude, rouge, sombre et mobile, comme s'il était empli de sang, ou incubait une mystérieuse créature ayant partie liée avec le feu. J'achevai mon verre et cherchai des yeux la bouteille, mais la fille, je ne sais trop comment, s'en était emparée et la faisait rouler entre ses jambes en riant : « Tu la veux ? Viens la chercher. » — « Oh, tu m'ennuies. » Mes épaules tremblaient par saccades : je devais vraiment avoir pris froid. La pluie tombait toujours dru derrière la fenêtre, obscurcissant l'espace, masquant presque le mur en brique pourtant tout proche. Je me levai et me dirigeai vers la salle de bains ; la fille avait repris sa revue et tournait les pages en jouant toujours des pieds avec la bouteille. Je me plantai devant le miroir et examinai mon visage : il me paraissait curieusement flou, à moitié effacé, je ne parvenais pas à saisir son agencement ; mystifié, je le frottai, mais c'était comme si la peau s'effilochait entre mes doigts, me laissant encore plus inconsistant. Je préférais ne pas voir cela et je retournai dans la chambre ; la fille lisait toujours, bien vivante et absolument réelle avec ses os fins et ses attaches délicates, sa peau tiède et dorée, sa tignasse aux reflets roux, ses yeux sombres toujours un peu amusés. J'avais peur de la toucher, il me semblait que mes doigts passeraient à travers sa peau, ou alors s'effriteraient contre elle comme du sable humide. Je retournai au bureau après m'être emparé au passage de la bouteille, me versai un autre verre, et me mis à lire les feuillets qui s'entassaient là. L'écriture ne se distinguait en rien de la mienne, je devais moi-même avoir rédigé ces lignes, ces pages de texte, mais elles ne me disaient absolument rien, et je peinais à en saisir le sens. C'était une sorte de récit : le narrateur, ombre égarée, déambulait à travers une vaste maison aux pièces résonnant du rire de petits enfants. Le décor me paraissait vaguement russe, on aurait pu croire à une nouvelle de Tchekhov si cela avait eu la moindre consistance psychologique ; en tout cas, cela n'avait rien à voir avec moi. Peut-être s'agissait-il d'une traduction que j'aurais effectuée puis oubliée ? Ou la copie d'un texte qui me serait passé entre les mains ? Je n'en avais aucune idée, et cela importait peu. Sur le lit, la fille semblait dormir, les seins cachés sous la revue retournée, la tête de côté, le visage à moitié masqué par les cheveux. Elle prend de plus en plus de place, me dis-je, bientôt elle sera ici comme chez elle. J'avais toujours très froid, je tremblais de tout mon corps, mais je ne voulais pas me coucher auprès d'elle, j'avais peur de me blesser sur ses os pointus, son corps si dur et aigu ; alors j'entassai les papiers, sortis dans le couloir, et ouvris la seconde porte, celle de gauche, je traversai la pièce en marchant sur les bâches en plastique, grimpai l'échelle de la mezzanine, et me glissai sous la bâche qui la recouvrait, roulé en boule, les yeux fermés, mes membres secoués de longs frissons. Combien de temps cela dura-t-il ? Je ne saurais le dire, une éternité de sable et de lave, mon corps s'était défait de toute solidité et de toute présence, il flottait très haut sur la fièvre comme sur une barque funèbre, parcourant au fil des années toutes les eaux du monde, incapable de trouver son chemin, ni vers la vie, ni vers la mort. Lorsque au terme de ce voyage pluriséculaire je rouvris les yeux, la bâche avait disparu, j'étais couché sous une grosse couette passée dans une housse beige, tout imprégnée de ma sueur. Je me retournai et examinai la pièce, on avait retiré toutes les bâches, le sol était recouvert d'une épaisse moquette bleu azur tachetée de motifs bleu foncé, tout paraissait propre et net, le jouet coloré reposait toujours sur le tabouret. Contre le mur se dressait une grande glace rectangulaire, enchâssée dans un mince cadre orange : j'y cherchai mon reflet, mais ne pouvais y voir que celui du jouet, qui m'apparaissait plus grand et plus élaboré que celui dont je me souvenais, comme s'il avait poussé durant la longue nuit. J'entendis une porte s'ouvrir sous la mezzanine, je n'avais jamais remarqué qu'il y en avait une, et la fille apparut sur la moquette bleue. Cette fois-ci, elle portait un léger pantalon marron et un débardeur rouge, orné d'un grand cercle noir en travers de la poitrine. « C'est mieux, non ? » dit-elle en levant la tête vers moi et en souriant de toutes ses dents. « Tu devrais abattre la cloison, ou au moins faire ouvrir une double porte, ça te donnerait plus d'espace. » Je n'avais pas la force de lui dire de garder ses conseils pour elle et je refermai les yeux, me laissant aller sur le dos et étirant mes membres endoloris. Mes vêtements, je le remarquai seulement alors, avaient disparu en même temps que les bâches, je gisais nu sous la couette, et j'en ressentis une honte subite, transformé en oiseau déplumé, tout hérissé et effrayé. « Où sont mes habits ? » demandai-je dans un murmure, mais si elle m'entendit, elle ne répondit pas, elle avait de nouveau disparu. Un bruit d'eau indistinct me parvint, elle faisait sans doute couler le bain, de l'autre côté ; tout à coup, le son se précisa, et avant même qu'elle ne réapparaisse je compris que la mystérieuse porte devait communiquer avec la salle de bains, permettant ainsi le passage entre les deux pièces contiguës. Cette fois-ci, elle tenait une pomme verte à la main, qu'elle porta à son nez avant de la croquer. Elle m'en tendit une autre qu'elle gardait dissimulée derrière son dos : « Tiens, prends. » Comme je ne réagissais pas, elle insista, agitant la pomme presque sous mon nez : « Allez, ça te fera du bien. » Je ne bougeai pas et elle croqua de nouveau dans sa propre pomme, mâchant lentement et avec application tandis qu'elle glissait l'autre dans la poche de son pantalon. « Le bain va être prêt. Tu viens ? » Je ne parvenais pas à quitter des yeux la boule ronde sur sa hanche ; enfin, je levai mon regard vers la glace, qui reflétait dans son cadre orange la longue ligne souple de son corps. « Où sont mes vêtements ? » — « Oh, qu'est-ce que tu peux être casse-pieds ! » rit-elle. « Ils sont ici, sur une chaise. J'ai rajouté un slip propre, tu n'en avais pas mis. » Elle repassa sous la mezzanine et ferma la porte. Je l'écoutai s'affairer derrière la cloison, elle avait coupé l'eau et devait se déshabiller, puis j'entendis son corps se glisser dans le bain. Elle continuait à croquer sa pomme, l'eau faisait de petits clapotis. Alors je me tortillai sous la couette et parvins avec peine à rejoindre l'échelle, qui craqua sous mon poids tandis que je descendais tant bien que mal, m'agrippant de toutes mes forces pour ne pas tomber.

Mes habits se trouvaient bien là où elle me l'avait indiqué ; mais mon chapeau était resté dans l'autre pièce, sans parler de ma veste, avec mon portefeuille et mes cigarettes. Or repasser par cette salle de bains, que je me figurais tout entière rayonnante de l'excès de vie de cette fille, était au-dessus de mes forces, et la clef de la porte du palier était restée précisément dans la poche de mon veston. Je tentais de réfléchir à ma situation, mais mes pensées, brumeuses, se défaisaient et se contredisaient l'une après l'autre, la pluie, qui tambourinait toujours dans le puits d'aération, venait encore les compliquer, car sortir sous l'averse en chemise, il ne fallait pas y songer, mais affronter de nouveau cette fille impossible, j'en étais incapable, et d'autres choix, je n'en voyais pas pour l'instant. J'aurais pu rester là longtemps à retourner ces pensées sans issue, mais à chaque fois que je bougeais, la grande glace posée au mur me renvoyait un reflet, trop fragmenté et agressif pour être le mien, qui me mettait à mal. Indécis, j'ouvris la porte du couloir : un grand parapluie en toile havane reposait là, ouvert et retourné, imbibant d'eau le vieux tapis rouge. Voilà qui résout tout ! m'exclamai-je avec joie en me saisissant de la poignée de cuir noir. Appuyé contre la balustrade, je le secouai, aspergeant le tapis et le plancher lavande d'une pluie de petites gouttes, puis le refermai et entrepris de descendre les marches, pesant de tout mon poids sur le manche en une vaine tentative de contrôler mes membres qui, égarés, cherchaient chacun à se mouvoir dans une direction séparée.

Marchant sous la pluie, la tête et le haut du corps bien protégés par le parapluie déployé, je fus pris d'une gaieté enfantine, légèrement teintée d'inquiétude toutefois : je regardais autour de moi, scrutant les arbres et les voitures garées le long du trottoir, mais je ne voyais rien hors de l'ordinaire. Les rares passants, protégés eux aussi des trombes d'eau par un parapluie ou parfois juste un journal tenu sur la tête, avançaient d'un pas rapide, chacun avait son but et nul ne se préoccupait de moi. Arrivé à la maison, je déverrouillai le portail, et, le refermant soigneusement derrière moi, traversai le jardinet pour aller sonner à la porte. Mes chaussures, le bas de mon pantalon étaient trempés, mais cela ne me préoccupait pas ; distraitement, sonnant à nouveau, je remarquai que je tenais déjà beaucoup mieux debout. Une femme d'un certain âge ouvrit la porte : « Ah, c'est vous ! On se demandait où vous étiez. Le petit est malade. » Refermant le parapluie pour le déposer dans un grand tube prévu à cet effet, je la suivis le long du couloir garni de reproductions jusqu'à la chambre des enfants, laissant des traces de pas humides sur le plancher. Le garçon gisait sous plusieurs couvertures sombres, recroquevillé, tremblant par longues saccades. Je tendis la main et lui touchai le front, brûlant sous mes doigts, puis caressai ses cheveux trempés de sueur. « Le médecin est-il venu ? » demandai-je sans me retourner à la femme qui se tenait en retrait, à l'entrée de la pièce. — « Oui. Il lui a fait une piqûre. » — « Quand ? » — « C'était ce matin. » Je remarquai une bouteille de pilules au chevet du lit, je m'en emparai, lus l'étiquette, la reposai. « C'est le docteur qui a laissé ça ? » — « Oui. Il a dit de lui en donner une toutes les quatre heures. » — « Et cela a été fait ? » — « Oui, vous pouvez compter sur nous. » À côté des médicaments, sur la table basse, il y avait aussi une carafe d'eau et un verre ; je retournai avec soin l'enfant sur le dos et lui soulevai la tête, portant le verre à ses lèvres : « Bois, lui dis-je, il faut boire. » Il n'ouvrit pas les yeux mais écarta les lèvres, j'approchai le verre, mais sa bouche tremblait trop, le verre tintait contre ses dents, l'eau coulait sur son menton. Je reposai sa tête sur l'oreiller, tout imbibé de sa sueur, et lui caressai de nouveau les cheveux. « Apportez-moi une bassine d'eau. Avec une éponge, ou un gant de toilette. » La femme se retira sans un mot, puis revint avec ce que j'avais demandé. Je posai la bassine à même le sol, trempai le gant de toilette, l'essorai, et, assis sur le bord du lit, l'étalai sur le front de l'enfant. Il leva sa main et la déposa sur la mienne, elle était légère comme une patte de chat, sèche et brûlante aussi. Je retrempai le gant et recommençai l'opération plusieurs fois de suite ;

petit à petit, les longs tremblements se calmaient ; enfin, je parvins à le faire boire un peu. La femme, derrière moi, me regardait faire en silence. Je me relevai et la regardai : « Les draps sont trempés, son pyjama aussi. Changez-les. Vous pouvez faire ça ? » Elle évita mon regard et hocha la tête. Je sortis et me dirigeai vers le grand salon. Plusieurs personnes se trouvaient là, échangeant quelques banalités avec peu de conviction ; à la table près de la fenêtre, des enfants jouaient mollement aux cartes, quelques fillettes et un autre garçon, plus jeune qu'elles ; au-dessus de leurs têtes, la jeune fille en rose me contemplait toujours de son regard tranquille, presque complice, comme si elle voulait m'inviter à partager sa pêche. Je me versai un verre de vin et pris place sur le divan, croisant les jambes et saisissant d'autorité la main de la femme qui se trouvait près de moi. Quand on abordait un nouveau sujet, je donnais mon avis d'une voix ferme, claire et sans appel ; les personnes réunies autour de moi opinaient gravement du chef, sans jamais me contredire. Le soir, le médecin repassa ; je m'étais entre-temps lavé et changé, j'avais passé un costume propre avec un gilet et même une cravate en laine crochetée, brune comme le costume. J'accompagnai le médecin dans la chambre du petit et me tins près de lui tandis qu'il l'examinait, l'auscultait et lui prenait sa température. Plusieurs autres personnes nous avaient suivis dans la chambre, des femmes et des hommes et même une petite fille, ils ne tenaient pas en place et allaient et venaient sans but, sans prononcer un mot mais en gardant heureusement une distance suffisante. Le médecin délivra enfin son verdict, qui coïncidait précisément avec le mien : continuer les pilules et les compresses, surveiller l'enfant, le faire boire. « Vous avez entendu ? lançai-je à l'intention de ceux qui se pressaient là. Le faire boire, c'est important, c'est ce que j'avais dit. » Je remerciai le médecin et l'escortai jusqu'à la porte d'entrée ; nous nous séparâmes sur une franche poignée de main, et il me donna sa parole de revenir le lendemain matin, de bonne heure.

Au repas, les paroles banales et décousues continuaient ; sans arrogance mais fermement, je décourageais les discussions inutiles, mettais fin par une opinion juste aux controverses stériles, rappelais à l'ordre ceux qui s'excitaient, soutenais les paroles sensées. Ce n'est pas que je me prenais tant au sérieux, au contraire, je me sentais comme un gamin jouant à l'adulte, mais jouant justement avec sérieux, tant de sérieux que personne ne s'en doutait, et lorsque je commentai en détail la grave crise de politique étrangère qui se profilait, tous m'écoutèrent attentivement, buvant mes paroles sans m'interrompre. Les enfants mangeaient en silence, avec juste un léger tintement de couverts, demandant parfois poliment, dans les interludes entre les sujets abordés, du sel, de l'eau, ou une portion supplémentaire de nourriture. Un garçon portait sa main à ses lèvres : je le regardai, il rougit et se saisit de sa serviette pour s'essuyer. Leur repas achevé, les enfants s'excusèrent et débarrassèrent leurs places ; je reversai du vin aux grandes personnes et distribuai de petits cigares à ceux qui en souhaitaient. La femme assise à ma gauche, qui gardait ses beaux yeux clairs fixés sur moi tandis qu'elle écoutait mes paroles en silence, leva un briquet allumé ; je rapprochai sa main de la pointe de mon cigare en la remerciant avec un sourire, retenant les doigts avec délicatesse pour que la flamme ne tremble pas. Elle me contemplait avec une gratitude éperdue, mais en même temps une vague angoisse troublait son regard, la rendait floue et raréfiait ses traits, comme c'était le cas pour tous ceux réunis autour de cette table. J'entendis un bruit et levai la tête : l'enfant blond se tenait dans l'encadrement de la porte, les pieds nus, pâle comme un linge. Je déposai mon cigare dans le cendrier, me levai, le rejoignis et le pris dans mes bras avant de me diriger vers une des chambres vides où je le déposai sur le couvre-lit brodé. Il murmurait des mots indistincts, j'approchai mon oreille, les mots prenaient de la force et commençaient à former des phrases, j'écoutais attentivement, il parlait à voix haute maintenant, les yeux grands ouverts et dirigés sur un point que je ne pouvais situer, ses paroles étaient nettes mais j'étais incapable d'en saisir le sens, il énonçait des phrases d'une syntaxe impeccable mais dans chacune le mot-clé, celui qui donnerait son sens à tous les autres, restait incompréhensible, un groupe de syllabes en apparence signifiant mais qui ne se rattachait à rien, ou bien alors venait un mot tout à fait compréhensible, tombant sous le sens, mais enchâssé dans une phrase entièrement brouillée, incapable d'en supporter la signification. Je parlais aussi, des mots calmes et paisibles, je répondais sans réfléchir à ses propositions, tentant de le ramener à un sens du réel, mais à chaque fois ses paroles ne se mettaient à la suite des miennes que pour les dépasser et s'en éloigner de nouveau à toute vitesse en sens contraire, à une distance vertigineuse, au fond de laquelle elles se retournaient pour revenir, traçant avec la même logique implacable le chemin inverse. J'avais demandé la bassine et lui appliquais des compresses froides tout en lui caressant le dos et lui parlant avec douceur ; malgré cela, la terreur le gagnait, ses traits se crispaient, je répétais avec un sourire mes paroles rassurantes, ses yeux restaient ouverts mais je n'avais aucun moyen de juger s'il voyait quoi que ce soit, je ne savais pas s'il était réveillé ou s'il dormait et rêvait à voix haute, incorporant mes mots à son rêve, je ne voulais pas le brusquer, je continuai à lui mouiller le front et la tête tout en essayant de le ramener au jour, à la réalité de la pièce où nous nous trouvions. Lentement, le flot de paroles ralentissait, les phrases s'espacèrent ; enfin, l'enfant ferma les yeux et sa tête mouillée bascula contre ma poitrine, où je la maintins dans ma paume qui paraissait immense à côté de son petit visage. Avec une serviette qu'on me tendit, je lui séchai les cheveux, puis le couchai dans le lit avant de m'allonger à ses côtés sans même ôter mes chaussures. Apaisé, il respirait avec un bruit sifflant mais régulier, ses paupières, gonflées et translucides, tressaillaient sur ses yeux. Je l'entourai de mon bras et restai un long moment auprès de lui. Bien plus tard, l'enfant dormait d'un sommeil régulier, je me relevai : « Vous, restez avec lui », indiquai-je à la première personne que je croisai dans le couloir. Les autres s'étaient dispersés dans la maison, j'en apercevais l'un ou l'autre par l'entrebâillement d'une porte ou au fond d'un couloir, cela m'était égal, je retournai reprendre mon cigare éteint et, le rallumant, m'assis sous le portrait de la jeune fille à la pêche, ouvrant le journal posé là pour étudier les dernières déclarations du dirigeant étranger qui nous menaçait de manière si incompréhensible.

Au petit déjeuner, les personnes réunies autour de la table paraissaient encore moins substantielles, encore plus éphémères que la veille. La femme qui avait passé la nuit avec moi remuait une petite cuillère dans un œuf à la coque, sans lever les yeux sur moi ; son corps, sous sa robe de batiste, devait garder quelques traces de nos ébats ; je pense qu'il devait s'agir de celle qui au repas du soir m'avait tendu du feu, mais je ne pouvais en être sûr. Les enfants se taisaient et avalaient des tartines beurrées et des verres de jus de fruit ; pour ma part, je feuilletais le journal du matin, empli de nouvelles toujours plus inquiétantes sur lesquelles je peinais à me concentrer, tellement le sentiment de ma propre présence me distrayait : je me sentais si solide que j'en avais mal aux articulations. On annonça le médecin : je le rejoignis dans le couloir et en quelques mots le mis au courant des événements de la nuit. « Il n'y a pas à s'inquiéter, affirma-t-il, cela arrive à cet âge-là, avec de fortes fièvres. L'essentiel est de faire baisser la température, comme vous l'avez justement fait. » Dans la chambre, il examina l'enfant qui se laissait faire d'un air fatigué, sans protester ; le médecin tentait de lui poser des questions, mais il ne se souvenait de rien. La fièvre avait diminué. « Il faudrait qu'il mange un peu, décréta le médecin en rangeant ses instruments dans sa trousse. Du bouillon, de la compote, un peu de riz blanc s'il le peut. » Dehors, il pleuvait toujours, et je pris le grand parapluie brun pour le raccompagner à sa voiture, m'effaçant pour le laisser franchir le portail devant moi tout en le protégeant de la pluie. Seul dans la rue, dos au portail, j'hésitai : et si je retournais à l'appartement ? Je regardai la rue dans cette direction-là et ma gorge se serra lorsque j'aperçus les deux hommes en noir, chacun muni d'un parapluie. Ils les tenaient bien haut, ce qui me permettait de voir avec un effroi grandissant leurs yeux brillants, sans vie, et leurs lèvres ouvertes en de larges sourires carnassiers. D'un pas tranquille, égal, résolu, ils s'avançaient vers moi.

Une vieille histoire

I

Ma tête creva la surface et ma bouche s'ouvrit pour happer l'air tandis que, dans un vacarme d'éclaboussures, mes mains trouvaient le bord, prenaient appui et, transférant la force de ma lancée aux épaules, hissaient mon corps ruisselant hors de l'eau. Je restai un instant en équilibre au bord, désorienté par les échos assourdis des cris et des bruits d'eau, étourdi par la vision fragmentée de parties de mon corps dans les grandes glaces encadrant le bassin. Autour de mes pieds, une flaque allait en s'élargissant ; un enfant fila devant moi, manquant de me faire partir à la renverse. Je me ressaisis, ôtai mon bonnet et mes lunettes, et, jetant un dernier regard par-dessus mon épaule à la ligne luisante de mes muscles dorsaux, sortis par les portes battantes. Séché, revêtu d'un survêtement gris et soyeux, agréable à la peau, je retrouvai le couloir. Je dépassai sans hésiter une bifurcation, puis une autre, il faisait assez sombre ici et la lumière indistincte laissait à peine distinguer les murs, je me mis à courir, à petites foulées comme pour un footing. Les parois, de couleur terne, défilaient à mes côtés, il me semblait parfois apercevoir une ouverture, ou au moins un pan plus sombre, je ne pouvais vraiment m'en assurer, parfois aussi le tissu de ma veste effleurait le mur et je me déportais vers le centre du couloir, celui-ci devait s'incurver, mais alors légèrement, presque imperceptiblement, juste assez pour mettre en doute l'équilibre de la course, déjà je transpirais, il ne faisait pourtant ni chaud ni froid, je respirais avec régularité, inspirant tous les trois pas une goulée d'air insipide avant de la rejeter presque en sifflant, coudes serrés au corps pour éviter de heurter les murs, qui tantôt paraissaient s'éloigner et tantôt se rapprocher, comme si le couloir en venait à serpenter. Devant, je ne distinguais rien, j'avançais presque au hasard, au-dessus de ma tête je ne voyais aucun plafond, peut-être courais-je déjà à l'air libre, peut-être pas. Un vif choc au coude me fit trébucher, je le frottai par réflexe de la main et me retournai : un objet, sur le mur, se détachait de la grisaille, luisant. Je posai la main dessus, il s'agissait d'une poignée, j'appuyai et la porte s'ouvrit, m'entraînant après elle. Je me retrouvai dans un jardin familier, calme et paisible : le soleil brillait, des taches de lumière parsemaient les feuilles entremêlées du lierre et des bougainvillées, proprement taillés sur leur treille ; plus loin, les troncs tressés de vieilles glycines émergeaient du sol pour aller recouvrir de verdure la haute façade de la maison, dressée devant moi comme une tour. Il faisait chaud et j'essuyai de ma manche la sueur qui perlait sur mon visage. Puis j'entrai. Du fond du couloir, par une porte entrouverte, me parvenait une série de curieux bruits, des plosives plus ou moins graves, entrecoupées de sifflements : l'enfant devait jouer à la bataille, renversant l'un après l'autre ses soldats de plomb dans un déluge de tirs et d'explosions. Je le laissai là sans le déranger et m'engageai dans l'escalier en colimaçon qui menait à l'étage, marquant une pause sur le palier pour contempler un instant le regard ironique, perdu dans le vide, de la grande reproduction de *La dame à l'hermine* accrochée là. La femme se trouvait dans la cuisine ; au bruit de mes pas, elle posa son couteau, se retourna avec un sourire, et vint se serrer contre moi pour m'embrasser avec tendresse. Elle portait une robe d'intérieur gris perle, fine et légère, je lui caressai le flanc à travers le tissu, puis plongeai mon visage dans ses cheveux blond vénitien, relevés dans un chignon savamment décoiffé, pour en humer l'odeur faite de bruyère, de mousse et d'amande. Elle rit doucement et se dégagea de mon étreinte. « Je prépare à manger. Il y en a encore pour un moment. » Elle m'effleura le visage du bout des doigts. « Le petit joue. » — « Oui, je sais. Je l'ai entendu en entrant. » — « Tu pourras le mettre au bain ? » — « Bien sûr. La journée a été bonne ? » — « Oui.

J'ai récupéré les photos, elles sont en haut sur le meuble. Ah, autre chose : on a un problème avec le circuit électrique. La voisine a appelé. » — « Qu'est-ce qu'elle disait ? » — « Apparemment il y a des pics de tension, ça provoque des délestages chez eux. » Je me rembrunis. « Elle délire. Je l'ai fait réviser deux fois, ce circuit. Par un électricien professionnel. » — « Oui, je sais. » Je lui tournai le dos et redescendis les marches. Les bruits de bataille avaient cessé. Avant d'ouvrir la porte, je passai dans la salle de bains attenante pour faire couler le bain, vérifiant la température afin qu'il ne soit pas trop chaud. Alors j'entrai dans la chambre de l'enfant. Il ne portait qu'un T-shirt ; fesses nues, il se tenait accroupi et photographiait avec un petit appareil digital des cavaliers de plomb armés de lances et de carabines, soigneusement alignés sur le tapis disposé sur les dalles grises. Je le contemplai un moment, comme à travers une paroi de verre. Puis je m'avançai et lui tapotai les fesses : « Allez, au bain, c'est l'heure. » Il laissa tomber l'appareil et se jeta dans mes bras en piaillant. Je le soulevai et le portai jusqu'à la salle de bains, où je lui ôtai son T-shirt avant de le déposer dans l'eau. Tout de suite, il se mit à la frapper des mains, éclaboussant les murs en riant. Je ris avec lui mais en même temps reculai, m'adossant à la porte pour le contempler tandis qu'il se plongeait tout entier sous la surface.

Au repas, l'enfant, assis entre nous, babillait au sujet de ses batailles. Je l'écoutais distraitement, savourant le vin frais et les langoustines sautées à l'ail. La femme, son visage fin encadré de mèches blondes échappées de son chignon, souriait et buvait aussi. L'enfant se tut enfin pour s'acharner sur une langoustine, tentant de briser une des pinces entre ses petites dents de lait ; je m'essuyai avec ma serviette et, du bout des doigts, lui caressai les cheveux, blonds comme ceux de sa mère. Son repas achevé, il débarrassa vite et fila par l'escalier, frottant ses doigts graisseux sur son pyjama tandis que sa mère le grondait gentiment. J'achevai de débarrasser tandis qu'elle descendait le coucher et me lavai soigneusement les mains avant de revenir achever mon vin. Un boîtier traînait sur la chaîne, un enregistrement récent du *Don Giovanni* ; je mis le troisième disque et vins m'asseoir devant la baie vitrée, allumant un petit cigare fin et contemplant la lumière safranée du soir saupoudrée sur les masses vertes du jardin. Le Commandeur était sur le point de se présenter au souper et je songeai au sens de cette figure comminatoire et moralisatrice. Il exigeait avant tout d'imposer sa loi au fils rebelle ; mais celui-ci ne l'avait-il pas embroché au début du premier acte ? Visiblement, ça n'avait servi à rien, car le voilà qui revenait, encore plus monumental et mortifère, ruine de tous les plaisirs. Or la fin approchait et le fils résistait pied à pied, comme un gamin têtu, retors et buté, refusant toute adhésion à cette loi morte, désuète, étouffante, même s'il y allait de sa vie. Dehors il faisait nuit et je me levai pour allumer une à une les lampes du salon. Puis je me reversai un verre. Déjà le disque prenait fin, dans un petit final bouffon qui sonnait comme l'ultime écho du rire moqueur lancé par l'intraitable garnement. Plus tard, la femme remonta, et je la suivis jusqu'à l'étage supérieur. Ses hanches, dans la pénombre de l'escalier, se balançaient doucement. Tandis qu'elle se douchait je passai rapidement en revue les photographies posées sur la commode : elles me représentaient toutes en compagnie de l'enfant, à différentes époques et dans différentes situations, au cirque, à la plage, sur une barque. Aucune d'entre elles n'arrêta mon regard et je les reposai là avant de me déshabiller, examinant distraitement mes muscles élancés dans la grande glace verticale qui se dressait à côté de la porte. Vu de dos, mon corps me paraissait presque féminin, je détaillai le cul, blanc et rond comme celui de la femme. Lorsqu'elle émergea de la salle de bains, nue et encore humide, ses longs cheveux enroulés dans une serviette, je l'attirai par les épaules et la poussai sur le couvre-lit, un épais tissu doré brodé de longues herbes vertes. Elle s'abattit sur le ventre avec un petit cri et je tendis la main pour couper la lumière. Maintenant seule la lueur blafarde de la lune éclairait la chambre, elle coulait à travers les vitres derrière lesquelles se découpaient les torsions folles des pousses de glycine, illuminant les feuilles vertes de la broderie et le corps blanc étalé dessus, le dos long et fin, les reins, le double globe des fesses. Je m'allongeai sur ce corps et il frissonna. La serviette était tombée et la chevelure recouvrait le visage. De la pointe des pieds, je lui écartai les jambes, je passai une main sous son ventre pour lui soulever les reins, et je pressai mon sexe dressé contre l'ouverture du sien. Mais il était sec, je me reculai un peu, versai de la salive sur mes doigts et l'en enduisis, le massant avec douceur. Alors je pus entrer avec aisance. Sa respiration s'accéléra, son derrière, sous moi, se mit à bouger, son long corps, maintenu entre mes deux mains, se tendit et un cri lui échappa, aussitôt interrompu. Moi-même je me sentais fondre de douceur, une longue aiguille de plaisir me transperçait le dos, toute fine, m'étirant la peau de la nuque et l'électrisant. Je tournai la tête : dans la glace, blanchis par la lumière de la lune, je voyais de nouveau mon cul et le haut de mes cuisses nerveuses, les siennes aussi coincées en dessous, avec au milieu des formes sombres, rougeâtres, indistinctes. Fasciné par ce spectacle incongru, je ralentis mon mouvement, la femme, son corps perdu dans les longues herbes brodées du couvre-lit, haletait, sa main cherchait ma hanche, je la voyais dans le miroir, les ongles laqués incrustés dans mes muscles, alors à côté de la glace la porte s'ouvrit et dans le pan de lumière lunaire je vis le petit visage pointu de l'enfant, les yeux grands ouverts et les lèvres têtues, butées. Je me figeai. Le visage aussi resta immobile ; tout à côté de lui, je voyais encore dans le miroir la double masse des fesses et l'amas obscur des organes entre elles. Je sentais le plaisir monter, la femme gémissait, je me retirai abruptement et roulai sur le flanc, ma verge, humide, écarlate, palpitait, je jouissais à longs traits presque sans m'en apercevoir, le visage du gosse avait disparu dans l'obscurité de l'escalier, on entendait ses petits pieds nus frapper à toute vitesse la pierre des marches, la femme me regardait d'un air éperdu et confus, je jouissais encore. En nage, la respiration entrecoupée, je me rabattis tout à fait sur le dos et m'essuyai distraitement le ventre du drap tandis que la femme, déjà debout, passait un peignoir pour aller suivre l'enfant.

Je devais dormir lorsqu'elle se recoucha. Quand je m'éveillai, le ciel, derrière les vitres, pâlissait. Les tentacules de la glycine se balançaient mollement ; des oiseaux, nichés dans les branches, se mettaient à chanter, un concert de pépiements aigus. La femme me tournait à moitié le dos, le visage encore une fois caché sous ses longs cheveux défaits, je la laissai et enfilai rapidement mon survêtement avant de descendre au salon. Je caressai l'idée de me faire un café, y renonçai aussitôt et descendis à l'étage inférieur où le garçon, blotti dans un étroit lit en bois, dormait. Je m'assis sur le rebord et contemplai son visage sévère, éclairé en biais par la lueur de l'aube. Ici aussi le chant des oiseaux emplissait la pièce. L'enfant semblait respirer avec difficulté, la sueur collait ses cheveux blonds à son front, je les dégageai des doigts et il ouvrit les yeux. « Tu t'en vas ? » dit-il sans bouger. Je hochai la tête. « Je ne veux pas », reprit-il en me fixant d'un regard obstiné, presque avide. — « Mais je dois », répondis-je à voix basse. — « Pourquoi ? » Je contemplai cela puis répondis : « Parce que j'en ai envie. » Son regard, à la fois impuissant et entêté, s'était voilé : « Donc, quand tu es heureux, je suis malheureux. Et quand je suis heureux, tu es malheureux. » — « Mais non, ce n'est pas ça. Tu n'y es pas du tout. » Je me penchai, embrassai avec délicatesse son front moite, me redressai et sortis. Dans le jardin, tout était tranquille, les feuilles bruissaient légèrement, cachant les mouvements saccadés des oiseaux qui ne se taisaient toujours pas, il faisait déjà chaud, une forte chaleur matinale qui collait à la peau. La porte s'ouvrit facilement et je retrouvai le couloir où je repris ma course délibérée, les larges foulées rythmées par ma respiration. Le couloir me paraissait un peu plus clair, il me semblait mieux en percevoir les courbes, même si je n'arrivais pas à en situer avec précision ni les murs ni le plafond, si tant est qu'il y en eût un. La température, ici, était plus modérée, mais mon corps, échauffé par la course, suait dans mes vêtements, le pantalon collait à mes reins, ce qui ne m'empêchait pas, telle une machine bien huilée, de maintenir la régularité de mon rythme. Je dépassai sans ralentir des ouvertures sombres, des embranchements ou juste des alcôves peut-être ; enfin quelque chose, à main gauche, attira mon attention, un éclat métallique qui flottait au coin de ma vision ; sans hésiter ni ralentir, je trouvai la poignée, ouvris la porte et franchis le seuil. Mon pied s'enfonça dans quelque chose de mou et je m'arrêtai net. Je me trouvais dans une chambre assez large, mi-sombre, avec peu de meubles ; aux murs, les vignes dorées du papier peint grimpaient en s'entrelaçant ; une moquette rouge foncé, presque couleur sang, recouvrait le sol. De l'autre côté de la chambre, au-delà du lit recouvert d'un lourd tissu doré brodé de longues herbes vertes, une figure aux cheveux de jais coupés court se tenait devant la fenêtre ; les volets étaient tirés, mais elle fixait quelque chose dans la vitre, son propre reflet peut-être. Moi-même je la contemplai un instant comme à travers une vitre, avec un sentiment léger, presque joyeux. Au bruit de la porte qui se refermait, elle se retourna, et je vis alors qu'il s'agissait d'une femme, une belle femme dont le visage mat et anguleux s'illumina d'un sourire en m'apercevant. Elle contourna le lit d'un mouvement souple et m'enlaça, pressant en riant sa petite langue mobile entre mes lèvres. Je perdis l'équilibre et basculai avec elle sur les feuilles vertes du couvre-lit, mon nez pressé contre ses cheveux courts, emplissant mon visage de leur odeur de terre et de cannelle. Sous moi, elle se tordait en riant et tentait de se dégager. Je me redressai et entrepris tant bien que mal de déboutonner sa blouse en tulle claire, effleurant ses seins retenus dans un soutien-gorge rigide. Elle rit encore et se faufila entre mes mains avant de s'agenouiller sur l'étendue verte et dorée du lit pour reboutonner sa blouse. « Dans la rue, dit-elle en relevant sous de longs cils lourds de rimmel ses beaux yeux sombres, emplis de gaieté, je songeais que je touchais ton visage. Et voilà, tu es là. » Je tendis de nouveau la main vers son corps et elle l'écarta en riant : « Quelle impatience ! Attends, je meurs de faim. » Elle décrocha le combiné posé près du lit, composa un numéro et, brandissant un dépliant en carton, nomma quelques plats. Je me levai et secouai mes jambes engourdies, puis passai dans la salle de bains où j'ouvris grand les lourds robinets de porcelaine de la baignoire, les doigts sous le jet d'eau pour en évaluer la température.

Dans l'eau, dos à moi, elle laissa aller son long corps brun contre le mien. Ses cheveux courts et drus chatouillaient mes narines, je lui caressai patiemment les bras, le ventre, le dessus des seins qui flottaient à la surface de l'eau un peu verdâtre du bain. De nombreuses petites cicatrices décoraient sa peau mate, des bosses assez épaisses et plus ou moins longues selon les endroits, j'en comptai trois à l'épaule gauche, une à l'aine, une grande aux côtes, juste sous le sein droit, une autre fourchue à l'angle de la mâchoire. Des coups secs retentirent à la porte de la chambre. La fille se retourna dans un grand bruit d'eau, me posa un baiser rapide sur les lèvres, et bondit hors de la baignoire, passant son corps ruisselant dans un grand peignoir éponge avant de filer ouvrir. Je me laissai aller à l'eau, mon visage affleurant à peine. Un puissant sentiment de plénitude emplissait mon corps, mais une plénitude presque inquiétante, impossible à saisir et à posséder, qui laissait derrière elle comme une sensation de vide. Quelques bruits, étouffés par l'eau recouvrant mes oreilles, me parvenaient indistinctement. Je sortis du bain, me séchai rapidement, enfilai l'autre peignoir suspendu là et sans prendre la peine de le refermer revins dans la chambre. De nouveau agenouillée sur le couvre-lit doré, la fille contemplait un grand plateau où s'alignaient des plats en bois laqué recouverts de poisson cru et de légumes confits. Deux bières dorées moussaient dans des verres un peu évasés. Je la rejoignis et commençai à manger sans un mot. À part les bruits des baguettes tout était silencieux ; derrière les volets, où devait se trouver une rue ou une cour, il n'y avait pas un son ; seule une lampe dressée au chevet du lit nous éclairait de son halo jaunâtre, et je distinguais nettement nos reflets dans les carreaux de la fenêtre, deux silhouettes un peu floues, drapées de blanc, qui se détachaient du champ d'herbes vertes du couvre-lit. De temps en temps l'un offrait un morceau de poisson à l'autre, qui le happait avec un sourire étonné ; quand je l'embrassais, ses lèvres avaient le goût amer de la bière. Il faisait très sec dans cette chambre, je sentais ma peau tirer sur mes mains et mon visage, le poisson cru aussi me donnait soif, j'achevai rapidement ma bière. La fille se leva, prit mon verre vide, et se rendit à la salle de bains. J'achevai les derniers petits légumes et entassai les plats sur le plateau pour le poser au sol, dans un coin. La fille ne ressortait toujours pas et je me débarrassai de mon peignoir pour m'étendre sur le couvre-lit, sur le ventre, la tête posée sur mes bras croisés. En tournant le visage je pouvais apercevoir la double lune de mes fesses reflétée dans un des carreaux de la fenêtre, blanches et légèrement bombées. Lorsque la jeune femme réapparut elle était nue aussi, splendide, elle avançait pieds nus sur la moquette rouge sang avec le verre rempli d'eau tendu devant elle, ses reins pris dans un harnais de cuir qui maintenait dressé sur son pubis un long phallus noir. Je pris le verre de sa main et bus. Elle passa derrière moi, sans penser j'écartai les jambes et tendis les pieds, ses doigts, enduits d'une substance liquide et glissante, se faufilaient entre mes fesses pour me masser l'aréole de l'anus, mes reins se dressèrent, elle s'allongea sur moi et j'entendis sa respiration rauque siffler dans mon oreille tandis que sa main jouait avec mes cheveux, pressant ma tête sur le couvre-lit. L'objet fixé à ses reins battait contre mon cul, lourd, dur et soyeux. Je cambrai un peu les hanches et il se mit à aller et venir entre mes fesses, avec une lenteur toute délibérée, puis il se retira et la pointe accrocha, je passai une main dans mon dos pour le guider et la fille pesa de tout son poids : alors mon cul s'ouvrit d'un coup et elle entra en moi, ses deux mains agrippées à mes fesses pour les écarter encore et sa tête pesant sur ma nuque. Une flamme froide et mordante m'emplissait le bassin, je creusai encore le dos et m'appuyai des deux mains contre la tête du lit, ses reins venaient maintenant battre contre les miens en de grands coups qui diffusaient toujours plus loin à travers mon corps des sensations d'une douceur épouvantable, mes jambes se tordaient, cherchaient un appui, glissaient, ses cuisses fermes et douces pesaient sur les miennes, ses mains, maintenant, montaient et se pressaient de tout leur poids sur ma tête. Le plaisir m'envahissait la nuque et les épaules, une longue coulée diffuse, électrique, je me cambrai convulsivement, ma verge, molle et presque oubliée, battait contre la broderie du tissu au rythme de ses coups de reins ; prenant appui sur une épaule, je me dégageai un peu, me retournai sur le côté et ouvris les yeux pour regarder sous son bras. Sa cuisse brune, marquée de plusieurs cicatrices, enserrait la mienne, bien plus pâle et recouverte de poils frisés ; les lanières de cuir qui tenaient en place l'objet avec lequel elle me travaillait les reins formaient avec sa chair de petits bourrelets : et dans la vitre, au-delà de son long dos élancé, j'apercevais son cul, deux globes dorés repoussés vers le haut par les lanières passées en dessous, chevauchant le mien sur le champ vert et doré du couvre-lit. D'un coup, la lumière s'éteignit, effaçant l'image dans la vitre et plongeant la chambre dans le noir, j'avais beau écarquiller les yeux je ne voyais plus rien, ce devait être une panne d'électricité, je jouissais maintenant de tous mes muscles et elle, se frappant contre moi en râlant, devait jouir aussi, enfin elle s'affala sur mon dos, son bassin tendu contre mes fesses, le phallus immobile fiché en moi, je passai une main derrière la tête pour lui frotter les cheveux, elle mordait ma nuque et je remuais encore spasmodiquement les reins. La lame de la jouissance, de grandes vagues successives, ne cessait de déferler à travers la longueur de mon corps abandonné. Je voulais me ressaisir, peut-être me dégager pour la prendre à mon tour, mais une grande somnolence m'envahissait, je bâillai, mes mains se mouvaient avec de plus en plus de langueur et de légèreté, j'effleurais encore mon dos, mes reins et ses cuisses et je m'endormis ainsi, sa verge toujours en moi et son corps étalé sur le mien, fondant de plaisir.

Le retour de l'électricité me réveilla. La fille avait roulé sur le côté, ses jambes emmêlées dans les miennes, le phallus toujours logé en moi. Écartant ma fesse, je me retirai doucement, c'était sec maintenant et cela accrochait un peu, enfin l'objet se dégagea et tomba sur le couvre-lit avec un petit bruit mat. J'avais la bouche sèche, pâteuse ; avec précaution, je me dépêtrai de ses jambes, me levai et me dirigeai vers la salle de bains. La lumière blanche du néon m'éblouit, je la coupai aussitôt ; clignant encore des yeux, je me penchai sur l'évier pour boire avidement au robinet. En ressortant je contemplai la jeune femme : elle dormait toujours, étalée sur le flanc, le phallus presque entièrement caché dans l'ombre de son corps incurvé ; derrière elle, la lumière jaune de la lampe de chevet illuminait son dos nu et brun, les longues herbes vertes du couvre-lit froissé sous son corps, les vignes dorées du papier peint. Je m'assis à ses côtés et lui passai légèrement le gras des doigts sur la nuque, l'échine, la fesse. Elle frissonna mais ne se réveilla pas. Sa peau, presque rêche, crissait sous mes doigts ; entre ses jambes, les humeurs avaient séché sur le phallus noir, reflétant par endroits la lumière. Il faudrait baisser le chauffage, me dis-je confusément. Mais je ne voyais aucun thermostat, aucune manette. Je me relevai, emplis deux verres d'eau, les déposai sur le radiateur ; puis je coupai la lumière et me recouchai le long de la fille, sur le ventre, une main posée sur le creux de ses reins. Des bruits d'eau, provenant de la salle de bains, me réveillèrent tout à fait. La lumière était de nouveau allumée et j'étais seul sur le lit. Je me levai, frappai à la porte de la salle de bains, et entrai sans attendre de réponse : la fille, assise nue sur la cuvette, les coudes appuyés sur les genoux, le phallus toujours fixé à son ventre, pissait. Je me penchai pour lui embrasser les cheveux. Elle s'essuya et se leva, d'un mouvement rapide qui fit rebondir sa verge artificielle, avant d'appuyer sur la chasse d'eau. « Tu ne vas pas enlever ça ? » lui demandai-je tandis qu'elle se rinçait le visage et se passait de l'eau sur les cheveux. — « Pour quoi faire ? Ça me plaît bien, d'avoir une queue. Je crois que je vais la porter toute la journée. » Elle rit et je ressortis m'étendre sur le lit. Il faisait toujours aussi chaud et sec et j'avais de nouveau soif. Elle sortit derrière moi tandis que retentissait la petite sonnerie musicale d'un téléphone portable. « Oh ! Je dois y aller », dit-elle gaiement en examinant l'écran. Appuyé sur un coude, je la regardai s'habiller. Elle se débattait avec son jeans, déjà presque trop étroit pour ses hanches, tentant d'y introduire l'objet couché le long de sa cuisse. Enfin elle réussit à le refermer et à boucler le ceinturon. Puis elle passa son soutien-gorge et sa blouse, avant de tapoter le renflement du jeans : « Beau paquet, non ? » Je tendis la main et le caressai sans un mot. Elle rit, secoua la tête, et fila. Je me relevai, me douchai rapidement, et m'habillai à mon tour. La matière lisse et soyeuse du survêtement glissait agréablement sur ma peau. À l'entrée de la chambre, j'hésitai : il y avait deux portes, l'une en face de l'autre, je ne l'avais pas remarqué. Laquelle la fille avait-elle empruntée ? C'était sans importance. J'en ouvris une au hasard et franchis le seuil d'un pas assuré ; déjà mes pieds, chaussés de baskets légères comme des plumes, retrouvaient leurs petites foulées, je ramenai mes coudes contre mes côtes et me concentrai sur ma respiration, inspirant par la bouche au rythme de mes pas. L'air ici était moins sec que dans la chambre, la sueur perla rapidement sur mon visage, trempa mes aisselles, le creux de mes reins, je suivais la courbe du couloir gris, lançant mes pas presque sans bruit. Il faisait sombre, mais cela ne me gênait pas trop, on y voyait assez bien ; par contre, je ne pouvais distinguer aucune source lumineuse, les murs paraissaient lisses, égaux, indistincts, je me demandais vaguement d'où pouvait venir l'éclairage, tout en sachant que cela n'avait aucune importance. Ici et là une partie plus sombre semblait ouvrir sur un réduit, voire même un tunnel, je passai mon chemin sans ralentir, suivant la courbe qui se prolongeait, et comme un enfant je tendis la main et laissai mes doigts traîner le long du mur, jusqu'à ce qu'ils heurtent un objet que je n'avais pas aperçu. C'était une poignée, je la poussai et ouvris la porte. Tout de suite, je sus que cet espace me convenait. C'était un vaste studio très clair, aux murs couverts de livres, avec au fond une longue fenêtre coulissante donnant sur des entassements de petits immeubles étagés devant une bande de mer grise et lumineuse. Je vins m'appuyer des mains sur la longue table placée devant la fenêtre et détaillai la ville, contemplant les changements de couleur des façades au fur et à mesure que la lumière baissait. Puis je me retournai. Un boîtier de disque traînait sur une chaîne, de vieux enregistrements de concertos pour piano de Mozart ; j'en mis un au hasard et déambulai à travers le studio en écoutant les premières notes, laissant mon regard errer distraitement sur les tranches des livres et les nombreuses gravures et reproductions accrochées entre les bibliothèques. Les notes gaies et lucides de la musique dansaient à travers la pièce, m'emplissant d'un profond sentiment de légèreté sereine. Je me servis un verre d'eau-de-vie, allumai un petit cigare trouvé dans une boîte, et m'enfonçai dans un divan en cuir noir pour feuilleter un album posé là, sur une table basse. De format horizontal, relié de toile blanche, il montrait des séries de photographies d'hommes et de femmes nus, effectuant divers mouvements décomposés en séquences par le dispositif de prise de vue. Je m'arrêtai sur une planche : un homme, d'un mouvement puissant, en faisait pivoter un autre autour de son corps pour le jeter au sol, ventre à terre, avant de s'abattre sur lui pour le plaquer là, sa tête comme confondue avec celle de son adversaire alors que les doubles globes blancs des fesses et les lignes nerveuses des cuisses se chevauchaient, un empilement sinueux de formes, à jamais figé par le déclenchement successif des obturateurs.

Il faisait frais dans ce studio, presque froid. Je changeai le disque pour un autre et fouillai dans les placards à la recherche de quoi manger. Il n'y avait pas grand-chose, mais je pus me composer un repas revigorant de sardines à l'huile, d'oignons crus, de pain noir et de vin rosé. Tandis que je l'achevais mon corps picotait de froid, je débarrassai rapidement et allai faire couler la douche, attendant l'arrivée de l'eau chaude pour me déshabiller et me plonger dessous. Sous l'eau j'étirai mes muscles, jouissant des sensations provoquées par ce corps long et nerveux. Dans la chambre, je me séchai devant une grande glace ronde placée au pied du lit, un simple matelas reposant à même le sol et recouvert d'un épais couvre-lit brodé, de longues herbes vertes sur fond doré. Le miroir ne montrait que la partie inférieure de mon corps, qui, malgré la petite verge recroquevillée sur les bourses, m'apparaissait presque comme un corps féminin, image qui ne me causait aucune inquiétude mais bien plutôt un sentiment de plaisir diffus et caressant. Je me tournai pour contempler de profil la cambrure de la cuisse, la courbe des reins, l'ovale délicat de la fesse. Je me mis à genoux sur le lit, dos au miroir, et tournai la tête. Le cul, cachant le haut du corps, faisait maintenant face au cercle du miroir, et je l'écartai légèrement d'une main, révélant la fleur jaunâtre de l'anus qui clignait doucement, comme s'il se mirait, ouverture minuscule mais sans fond, éblouissante. Je trouvais cela très beau et je le contemplai longtemps avant d'enfin me laisser aller pour m'étaler de tout mon long sur le couvre-lit. Je n'avais plus froid et je m'endormis ainsi, comme si j'étais couché dans un champ d'herbes, bercé par les cadences allègres, moqueuses, ludiques d'un dernier concerto. Lorsque je me réveillai il faisait noir, tout était silencieux, la chair de poule hérissait ma peau et je me glissai sous le couvre-lit et les draps, les serrant autour de moi pour me réchauffer. Mais je ne parvenais pas à me rendormir et enfin je me relevai, le couvre-lit toujours drapé autour de mes épaules, pour aller boire un verre d'eau à la kitchenette. Par la fenêtre coulissante, en contrebas, j'apercevais dans le noir un losange de lumière, la croisée d'un appartement voisin formant un plan traversé de biais par un long divan de tissu blanc sur lequel s'était laissée couler une jeune femme en sous-vêtements fins. Un petit miroir rond était fixé au-dessus du divan et elle se maquillait, dressée sur ses genoux, les reins un peu cambrés pour assurer son équilibre. De temps à autre, elle levait le bras pour ajuster l'angle du miroir, fixé à un support mobile, ou bien le rapprocher de son visage, et ce geste étirait son sein niché dans un soutien-gorge à balconnets et faisait saillir le bord du pectoral, comme un câble laiteux attaché à l'épaule. Elle accomplissait ses gestes avec rapidité et précision, absorbée dans le bonheur inconscient de cette routine si familière à son corps. Je la regardai un moment puis retournai me coucher. Le sommeil me mena rapidement à l'entrée d'une maison, une maison qui devait être la mienne, fermée à clef après une longue absence. Une série de portes donnaient sur la cuisine, d'où fila un chat noir dès que j'ouvris. La pièce puait la merde et les déchets, le chat avait dû rester enfermé durant toute mon absence et avait tout souillé : Peu importe, me dis-je en haussant les épaules, ma femme nettoiera. J'ouvris la porte qui menait au jardinet de derrière, pour aérer, puis descendis à la cave ; là, je traversai un long couloir qui débouchait sur une sorte de grotte, ouverte sur le grand jardin de devant. Mes ouvriers attendaient là. « Alors, Emilio, lançai-je, où en sont les travaux ? » Celui à qui je m'étais adressé s'avança, chapeau entre les mains, et me fit signe de le suivre vers l'extérieur. La vue qui m'accueillit m'emplit d'horreur : le jardin, qui auparavant dessinait de belles courbes vallonnées, protégées de la vue des voisins, était maintenant entièrement comblé, formant une surface plane de plain-pied avec la maison suivante. Éperdu, je regardai autour de moi : la vieille grange ruinée attenante à la maison avait disparu, Emilio, dans un excès de zèle, avait dû la détruire pour combler le jardin. Hors de moi, je m'en pris à lui avec violence : « Mais Emilio ! Ce n'est pas du tout ce que je vous avais demandé ! » Emilio tentait de se défendre timidement, je courais de part et d'autre, constatant l'étendue des dégâts. Le jardin ainsi rénové aboutissait aux fenêtres de la maison voisine, à peine cachées par quelques arbustes, et prolongeait maintenant un chemin vicinal qui se terminait auparavant aux abords de ma propriété. Justement, une voiture passait par là et traversait mon jardin, klaxonnant joyeusement au passage. « Voyons, Emilio ! m'écriai-je. Mais regardez donc ! Et ma grange ? Qui donc vous a donné l'ordre de la démolir ? » En vain, je réfléchissais au moyen de réparer tout ça, mais les dommages étaient trop importants, cela me paraissait une tâche impossible. La voiture ressortait du jardin par un portail ouvert près de la maison des voisins, et je la suivis, écumant toujours. « Bon, déjà, vous allez me fermer tout ça ! » aboyai-je, désignant le chemin. « C'est une propriété privée, ici, nom de Dieu, pas une grande route ! » Je sortis et contemplai la ruelle. Une autre voiture venait lentement vers moi, conduite par une femme blonde. Emilio était sorti aussi et se tenait à mes côtés, un peu en retrait. La voiture ralentissait, comme pour se garer, mais ne s'arrêta pas et vint doucement s'écraser dans un grand bruit de tôle contre le pilier de pierre qui soutenait le portail. Je m'avançai à la hâte mais la conductrice, qui tenait encore le volant à deux mains, n'avait rien. Je crus reconnaître ma voisine, qui ressemblait d'ailleurs curieusement à ma femme ainsi qu'à ma mère – deux femmes qui elles non plus ne savaient pas conduire –, et je m'approchai pour parler avec elle de notre nouveau problème de voisinage ; mais elle ne me laissa même pas le temps d'ouvrir la bouche avant de déverser une litanie de plaintes par la vitre baissée : « Ah, vous, justement ! Savez-vous que votre circuit électrique déraille complètement ? Il y a des pics de tension tout le temps, ça provoque des délestages dans le voisinage. » Ces mots m'emplirent de fureur et je me mis à crier à mon tour : « Madame, vous exagérez ! Ce circuit, je l'ai fait entièrement réviser par un électricien professionnel, deux fois de suite. Ça suffit, enfin ! » Lorsque je me réveillai une lumière froide tombait dans la chambre, faisant scintiller le champ doré du couvre-lit mais ne réchauffant rien. Je me levai et m'habillai rapidement, avalai un verre de jus, et sortis. Dans le couloir je repris ma course sans hésiter, l'effort me réchauffait et achevait de disperser les bribes du sommeil. Dans ma distraction, toutefois, je me cognai à quelques reprises aux murs, la lueur indistincte brouillait les repères et je ne parvenais pas toujours à les situer avec précision, parfois apparaissaient des zones plus sombres, des embranchements peut-être ou bien des niches, je les évitais et m'efforçais de rester au centre du couloir, avançant à petites foulées régulières, mes baskets frappant avec un son feutré un sol aussi lisse que les parois. Je respirais de manière égale, en petites bouffées rapides, je ne me fatiguais pas, je savais que je pouvais courir longtemps ainsi. À un moment, je remarquai que mon lacet s'était défait, et j'interrompis ma course pour m'agenouiller et le renouer ; lorsque je relevai la tête, je constatai que je me trouvais face à une poignée, j'appuyai dessus sans hésiter et une porte s'ouvrit que je franchis en me redressant. Quelques pas plus loin m'attendait une belle femme orgueilleuse, au physique pulpeux. Elle se tenait une main sur la hanche ; l'autre approchait de ses lèvres, peintes couleur sang, un long fume-cigarette : « Tu es en retard, chérie », murmura-t-elle en rejetant une bouffée de fumée et en me prenant par la main. « Mon Dieu, tu sues. Et tu n'es même pas habillée. » Des bracelets dorés tintaient à son poignet ; je me penchai et effleurai des lèvres son épaule dénudée, le nez dans ses longues boucles aux reflets roux, inspirant leur riche odeur d'ambre, presque musquée. « Pardonne-moi. J'ai dû courir. » — « Ce n'est pas grave. Viens. » Je la suivis à travers une grande pièce, au fond de laquelle une baie vitrée ouverte donnait sur l'extérieur. Une pelouse d'un vert brillant, à travers laquelle deux dalmatiens se poursuivaient en jappant, s'étendait jusqu'à des bosquets de palmiers, de ficus et de bougainvilliers ; un groupe de jeunes filles, en shorts moulants et en maillots de corps ou en soutiens-gorge, jouaient au volley-ball. « Presque tout le monde est déjà là », fit mon amie sur un léger ton de reproche, en gravissant un escalier de pierre qui longeait la façade de la demeure. Ses hauts talons aiguilles claquaient sur la pierre et ses hanches se balançaient devant moi. L'escalier débouchait sur une vaste terrasse carrelée, de couleur terre cuite, au centre de laquelle brillaient les eaux vert émeraude d'une longue piscine rectangulaire. Une grande fille aux cheveux noirs coupés court, la poitrine nue, faisait des longueurs ; près du bord, une autre jeune femme au chignon blond vénitien savamment décoiffé, étendue ventre au sol en appui sur ses coudes, me suivait du regard d'un air moqueur ; ses jolis petits pieds, aux ongles rouge vif, se balançaient au-dessus de ses fesses rebondies, enserrées dans un maillot blanc à rayures bleues qui laissait nu son dos élancé. Je contemplai ce corps magnifique avec une pointe d'envie ; mais déjà mon amie m'entraînait par une autre baie vitrée dans un vaste salon à la moquette et aux murs gris pâle, avec des draperies orange brûlée et jaune citron, étagé sur plusieurs plans et meublé avec élégance et retenue dans des tons verts, assortis à la pelouse. Au centre trônait une sorte de couche ou de divan sans dossier, aux dimensions imposantes, recouvert d'un épais tissu doré brodé de longues herbes vertes. Nous contournâmes ce meuble pour suivre un long couloir qui menait à une chambre à coucher. La salle de bains attenante, carrelée de blanc, au sol en ardoise polie, me parut immense. « Douche-toi là », ordonna mon amie. « Je vais te trouver de quoi t'habiller. Quelque chose de classique, non ? » Elle passa ses ongles vernis sur mon menton : « Et rase-toi. Tu râpes. » Je me déshabillai rapidement et fis ce qu'elle m'ordonnait. J'achevais juste de me raser lorsqu'elle revint avec une pile de vêtements qu'elle déposa sur une chaise. La séance d'essayage dura un bon moment, les tailles ne convenaient pas toujours ; elle me passa un soutien-gorge de dentelle grise dont les balconnets arrondissaient un peu mes formes, une culotte moulante en tulle brodé et des bas de soie surmontés d'une large bande de dentelle, gris eux aussi mais d'une teinte plus foncée, presque métallique. Juchée sur les talons des escarpins dans lesquels j'avais glissé mes pieds, j'admirai dans le miroir le galbe de mes fesses et de mes cuisses rehaussées par la dentelle, retardant le moment de passer la robe. Celle-ci était sublime, une longue gaine moulante de lin et de viscose gris perle tricotés pour former un fin jersey soyeux, sans la moindre couture, et doublée à l'intérieur d'une soie rose pâle qui se coula délicatement sur ma peau tandis que je l'enfilais par-dessus ma tête. Les bretelles laissaient à découvert mes épaules anguleuses ; devant, le tissu, moulé par le soutien-gorge, me formait une poitrine menue mais charmante. Mon amie lissa le tissu sur mes hanches, sans quitter des yeux notre reflet dans la glace. Puis elle me maquilla, du gris bleuté pour les paupières, une couleur plutôt rosée pour les lèvres et une teinte rose aussi mais plus foncée pour les ongles ; elle me passa aussi quelques bijoux, boucles d'oreilles en perles, collier tressé, bagues et bracelets en argent ouvragés avec goût. Pour les cheveux, ce fut simple : elle les lissa avec du gel, puis les sépara en une longue raie nette, avec une mèche plaquée en travers du front et les côtés retenus avec des pinces. Je me campai sur mes talons et esquissai quelques mouvements. « Tu es superbe », susurra d'une voix rauque mon amie à l'intention de la grande femme au port de reine qui me dévorait du regard depuis la glace, les yeux agrandis par le khôl et le rimmel, brûlants d'excitation. « Je ne serai peut-être pas la plus belle de la soirée », murmurai-je en pivotant sur mes talons et mirant par-dessus mon épaule le dos et les reins de la figure dans le miroir, « mais mon cul en fera bander plus d'une ».

La fête battait son plein. Le tourbillon de femmes, tout autour de moi, me donnait un léger vertige, le bruit résonnait dans mes oreilles, musique, rires, cris, tintement des verres et des bijoux, je me trouvais au centre d'une sarabande d'œillades, de moues, de sourires, de frôlements, de gestes caressants, fragments de mouvements redoublés dans les longues glaces encadrant le salon. La robe, étroite, m'obligeait à des pas menus, et j'étais encore peu à l'aise sur mes talons ; mais peu à peu mon équilibre s'affirmait, et avec lui je prenais de l'assurance et commençais à rire, parler, gesticuler aussi librement que mes compagnes. Mon amie me tendait un cocktail, un gin tonic, frais, pétillant, presque amer, et se penchait pour me glisser quelques mots à l'oreille : « Tout est parfait ici, n'est-ce pas ? Nous sommes entre nous. » Il y avait trop de bruit pour se faire entendre et je hochai la tête. Sur une partie du salon un peu surélevée, trois filles dansaient en se déhanchant, leurs jolis derrières moulés dans des minijupes ou des shorts, leurs jambes longues et nues et lisses. Tout près de moi, une femme hautaine, au corps sculptural, exagéré, qui me dépassait de presque une tête, se contemplait fixement dans une glace, ses deux mains remontant ses hanches et son ventre pour venir soupeser gravement ses seins bombés. La jeune femme aux cheveux blonds remontés en chignon, que j'avais vue tantôt au bord de la piscine en maillot rayé, se joignit à nous, vêtue maintenant d'une courte robe brodée avec une étole violette drapée sur ses épaules étroites. Sa main se posa familièrement dans le creux de mon dos et elle m'effleura le cou des lèvres : « Quelle belle robe ! Elle te va bien. » Je rosis de plaisir et, attirant sa nuque de la main, pressai ma bouche contre la sienne. Près de nous, mon amie riait ; dans la glace devant moi, je voyais le dos et les reins de la jeune femme, nos corps enlacés, mon propre regard filtré à travers ses mèches décoiffées qui sentaient la bruyère, la mousse et l'amande. Enfin elle se dégagea et me contempla avec un bref sourire joyeux ; puis, me caressant le visage du bout des doigts, elle s'éloigna : « À tout à l'heure. » Je bus une gorgée en la regardant disparaître dans la foule. Mon amie riait toujours et me tendait un bâton de rouge à lèvres : dressée devant le miroir, je retouchai soigneusement le tracé de mes lèvres ; lorsque je les roulai l'une contre l'autre, en ce geste si intimement féminin, j'en éprouvai une joie sensuelle qui se diffusa dans tout mon corps. Près de moi plusieurs filles s'embrassaient maintenant, debout contre les murs ou sur les canapés, je voyais des mains aux ongles bariolés errer sur les cuisses et les fesses et disparaître sous les robes ou les jupes, des seins apparaissaient, rebondis, le mamelon dressé et appelant les lèvres, la fille coiffée à la garçonne qui faisait des longueurs dans la piscine se trouvait agenouillée entre les cuisses de la grande femme sculpturale ; celle-ci, par-dessus la tête penchée sur elle, se mirait toujours dans la glace, je me tournai vers son reflet et tentai de croiser son regard mais il restait rivé sur lui-même, impénétrable, ainsi je pouvais la contempler à loisir, sans qu'elle le remarque, vu sous cet angle son visage prenait un aspect dur, anguleux, presque masculin, son regard, au fur et à mesure que la tête aux cheveux noirs et drus descendait le long de son corps, s'assombrissait, prenait un air farouche, démesuré ; et lorsque enfin la fille, des deux mains, lui eut écarté les cuisses pour poser sa belle bouche peinte sur son sexe, ses yeux s'animèrent d'une joie furieuse, dévorante, superbe. Je buvais à petits coups sans lâcher du regard le spectacle dans la glace, mon amie regardait pardessus mon épaule le couple lui-même et je voyais aussi, devant la mienne, le reflet de ses formes généreuses et de ses cheveux bouclés. Un petit plateau argenté qui circulait parmi les convives arriva jusqu'à nous ; je me penchai, saisis délicatement la paille en verre, et inspirai par le nez une ligne de poudre blanche, suivie d'une autre ; un frémissement traversa mon corps, je me redressai, cambrée nerveusement sur mes jambes tendues par les hauts talons, et lissai d'une main le tissu tricoté sur ma hanche et ma fesse. Mon amie prenait à son tour de la cocaïne et je l'aidai à tenir le plateau. Puis je le passai à une autre femme et la pris par la main pour l'entraîner dehors. En franchissant le seuil de la baie vitrée je frissonnai, il faisait frais hors de la maison, humide aussi, l'herbe, sous les feux des lampes disposées un peu partout, brillait de rosée. « Il y a beaucoup de lumière, dis-je à mon amie. Tu es sûre que les plombs ne vont pas sauter ? » — « Ne t'en fais pas. On a fait réviser tout le circuit, deux fois, par un électricien professionnel. » Ici aussi se tenaient des dizaines de convives, discutant ou s'embrassant tout en buvant, riant, fumant. Plusieurs filles, nues sauf pour un string ou un maillot, nageaient dans les eaux illuminées de la piscine, leurs beaux corps élancés déformés par les ondulations de l'eau verte. Au bord, agenouillée, nue aussi à part une fine culotte de dentelle noire et violette, la jeune femme au chignon à moitié défait que j'avais embrassée détaillait son image dans l'eau clapotante. D'où je me tenais, je voyais son profil : sa longue nuque dégagée par le chignon, son épaule aiguë, la courbe gracieuse de son dos étaient presque celles d'un garçon ; mais la forme arrondie de ses hanches, lorsqu'elle se redressa d'un mouvement souple, les longues fesses fermes qui tendaient le tissu translucide de la culotte, étaient bien celles d'une femme, une vraie femme. Je buvais toujours, mon amie m'avait passé un autre gin tonic et mon rouge à lèvres maculait le rebord du verre, je sentais ma peau se hérisser dans les sous-vêtements qui l'enserraient, chercher avec délice, aux endroits où elle restait nue, le contact soyeux de la doublure rose de la robe. La jeune femme blonde, mains sur les genoux et fesses tendues en arrière comme une petite fille, se contemplait toujours dans les eaux de la piscine, et ce spectacle m'emplissait de joie. Puis d'un coup elle se redressa, bras levés et petits seins menus dardés en avant, prit son élan, et plongea, effaçant son reflet. Je regardai le long corps blanc se couler sous l'eau, bras le long des flancs, propulsé par les pieds. Mon amie me caressait les reins et les fesses, faisant glisser le jersey presque liquide de la robe sur le tissu plus rêche de la doublure, mais je m'en apercevais à peine. « Elle te plaît, fit sa voix dans mon oreille. Plus que moi. » — « Ce n'est pas ça, dis-je tristement. Je suis jalouse de son corps. Le mien ne sera jamais comme ça. » — « Tu es très belle, aussi. Ton corps m'excite. » — « Peut-être. Mais ce n'est pas la même chose. » Je me pressai contre elle, le cœur battant. La fille se hissait hors de l'eau, ruisselante, les cheveux défaits et trempés, sa culotte mouillée tendue sur son petit sexe délicat. Une autre femme lui présentait une serviette et elle s'en recouvrit les épaules avant de courir vers nous à petits pas : « Donne-moi à boire ! » s'écria-t-elle en partant d'un grand éclat de rire joyeux. Toujours appuyée contre mon amie qui me caressait maintenant doucement le ventre, je lui tendis mon verre avec un sourire affectueux. Je me sentais heureuse et légère, l'esprit dilaté par l'alcool et la cocaïne, envahie par la plénitude du corps ambigu que me formaient les beaux habits prêtés par mon amie. « Tu vas prendre froid, dis-je à la fille blonde qui frissonnait, tendant les doigts pour essuyer l'eau qui perlait sur la peau hérissée de son bras. Viens te sécher. »

Seule maintenant dans la salle de bains, j'examinai mon visage dans la lumière crue et sans pitié du néon. Sous son masque de couleurs et de poudres il me paraissait creusé, presque fiévreux. Je repassai rapidement un peu de fard à joues sur mes pommettes brûlantes avant de retourner dans le salon. La jeune femme blonde m'avait précédée et, son image redoublée dans les glaces, dansait presque nue devant la grande couche au tissu vert et doré. Tout autour régnait une vaste confusion des corps ; en partie ou bien entièrement dévêtus, ils s'enlaçaient sur les divans et la moquette, s'ouvrant les uns aux autres en un joyeux communisme sauvage où les organes, les mains et les bouches avides prenaient le pas sur les individus, les éclatant, les brouillant, les mêlant en une marée de cris et de soupirs rauques, secouée de spasmes irréguliers. Je cherchai des yeux mon amie : elle se tenait toujours au-delà de la baie vitrée, campée avec un air ironique sur ses hauts talons et fumant une cigarette, contemplant d'un regard indifférent, à travers le verre, cette utopie désordonnée des corps au centre de laquelle je m'avançai lentement. Arrivée devant la fille blonde, je la pris par les épaules et la couchai sur le ventre, posant sa poitrine menue et son visage dans les longues herbes brodées du tissu. Comme involontairement, elle écarta les jambes, je m'agenouillai derrière elle sur le divan et caressai ses cuisses fines et nerveuses ; lorsque je tirai à moi le fin tissu de sa culotte, ses fesses se creusèrent avant de se relâcher et de s'écarter sous la pression de mes doigts. Je me baissai et frôlai des lèvres la peau encore hérissée du cul ; les coudes serrés contre ses côtes, elle frissonna ; alors je lui passai la langue dans la raie, goûtant comme une légère amertume au contact de l'anus, froncé au milieu d'une petite touffe de poils blonds. Je glissai une main sous son corps étroit, le long du ventre puis de l'aine, repoussant le tissu mouillé de sa culotte pour rouler entre mes doigts sa petite verge molle et ses bourses recroquevillées. Elle se mit à gémir, je lui lapai l'anus à petits coups secs tout en jouant avec son sexe, ma propre verge s'était durcie et je me redressai pour relever ma robe et l'extraire de ma culotte, je l'enduisis de salive puis attirai contre mon ventre le dos et les fesses nues de la fille et me glissai en elle d'un coup avant de me rabattre en avant, mes dents sur les poils frisés de sa nuque. La jeune femme, ses mains crispées dans le couvre-lit brodé, le souffle entrecoupé, râlait de plaisir, je délaissai sa verge molle pour lui caresser un sein, me tournant un peu et m'appuyant de l'autre main sur sa nuque : ainsi je pouvais apercevoir une partie de nos corps dans le miroir, mon cul, toujours moulé sous le jersey de la robe, qui dessinait une courbe gris perle rehaussée par la lumière du plafonnier avec sous lui, presque cramoisis, nus sauf pour la fine bande froissée de la culotte, cambrés sur la trame verte et dorée du tissu, la cuisse et le cul de la fille blonde. Je serrai son petit corps fin entre mes mains puis revins chercher sa verge, elle bandait maintenant et le sexe, raidi, paraissait minuscule entre mes doigts, je le branlai tout en continuant de lui fouiller le cul, elle haletait et jouit rapidement en couinant, son derrière et son dos tressaillant de manière continue. Puis elle s'affaissa sur les herbes brodées, expulsant mon sexe de son cul en un long mouvement glissant. Je n'avais toujours pas joui et ma verge palpitait, je haletais comme elle, mes mains en appui sur ses longues cuisses blanches. Mais déjà un autre corps venait s'installer contre le mien et je relevai la tête pour la frotter contre la sienne : il s'agissait de la grande fille coiffée à la garçonne, dont les cheveux noirs et drus, pressés contre mon visage, emplissaient mes narines d'une odeur de terre et de cannelle. Je tournai la tête pour lui embrasser les lèvres : juste devant mes yeux, une longue cicatrice fourchue lui barrait l'angle de la mâchoire. Entièrement nue, elle se pressait contre mon dos, me caressait la poitrine, écartait mes cuisses avec ses genoux ; puis elle remonta tout à fait ma robe sur mes reins, tira ma culotte juste sous les fesses et se mit à son tour à me masser l'anus, du gras du pouce, humide de salive. Derrière la vitre, mon amie, impassible, nous observait attentivement ; la fille blonde s'était lovée en boule, et, retirée sur le côté du divan, nous regardait aussi avec de grands yeux humides de plaisir. La verge de la fille aux cheveux noirs battait contre mes fesses, lourde, chaude et douce ; pressée contre son corps palpitant d'excitation, je sentais mon propre corps se durcir, prendre pour un bref moment toute la densité d'un noyau de fruit avant de doucement se mettre à fondre. La main passée derrière moi, le cœur battant, je guidai la verge glissante de salive vers mon anus, elle se pressa et m'élargit et entra, m'emplissant de joie le dos entier, le déployant sous le tissu de la robe. Je ne bandais plus du tout, ma verge battait mollement contre la dentelle de ma culotte baissée, mes cuisses gainées de soie se poussaient tout contre les cuisses musclées de la fille qui s'enfonçait en moi d'un mouvement puissant, je m'affaissai sur une épaule, me tordant un peu de côté, ainsi je pouvais de nouveau voir cadrées dans les glaces des parties de nos corps, un amas mobile de chairs blanches et de morceaux de vêtements disparates entassés sur l'étendue verdoyante du tissu, avec au sommet le cul bombé de la fille, qui tressaillait à chaque coup qu'elle me donnait, puis sous lui ma cuisse et la courbe de ma fesse, délimitées par le gris du bas et de la robe retroussée. Ses mains s'appuyaient de tout leur poids sur ma nuque et ma tête et c'est ainsi qu'ouvert en deux par sa verge magnifique mon corps s'arracha à lui-même, se projetant telle une ombre sur ceux qui l'entouraient, celui qui le dominait et les autres tout autour, flous et disloqués par le plaisir qui les soulevait comme une vaste houle.

Lorsque j'ouvris les yeux nous étions toutes les trois étalées sur le tissu brodé, nos membres mêlés les uns aux autres, nues mis à part quelques pièces de tulle et de dentelle. J'avais la bouche pâteuse, des crampes endolorissaient mes muscles. La jeune femme aux cheveux blond vénitien dormait sur le ventre, entièrement nue, celle aux cheveux noirs dormait sur le dos, sa longue verge couchée en travers de sa cuisse. Je l'effleurai du dos des doigts, mais la fille ne se réveilla pas. Je me redressai, m'assis sur le bord de la grande couche, et ôtai l'escarpin qui m'était resté au pied toute la nuit, ainsi que le bas de soie. Malgré la douleur acide qui courait à travers ma tête, un grand sentiment de paix et de plénitude emplissait mon corps. Autour de nous, d'autres filles dormaient aussi, éparpillées sur les canapés et les épaisses moquettes, nues ou encore à moitié vêtues. Plusieurs bandaient dans leur sommeil, l'une, une petite fille toute fine avec une poitrine démesurée, se caressait distraitement le sein et poussait de petits jappements. De mon amie je ne voyais nulle trace. Je me levai et errai à travers la maison silencieuse pour retrouver la salle de bains où j'urinai longuement, assise sur la cuvette. Puis je me démaquillai et me douchai, m'étirant de plaisir sous le jet chaud. Mes vêtements de sport traînaient toujours dans le coin et je les enfilai rapidement après m'être séché. Dans le salon, mes deux compagnes dormaient toujours, blotties maintenant l'une contre l'autre au milieu du champ vert et doré de la grande pièce de tissu. La fille coiffée à la garçonne s'était retournée sur le flanc et leurs fesses s'emboîtaient, celles, fines et nerveuses, de la jeune femme blonde à moitié cachées sous celles plus musclées de l'autre. Mes baskets ne faisaient aucun bruit sur la moquette et je ne réveillai personne en sortant. Je descendis, traversai la maison et ouvris la porte du fond pour passer dans le couloir ; dès que je la refermai, je me mis à courir, remontant la fermeture éclair de mon survêtement jusqu'au cou. Je ne comptais pas mes pas, ils tombaient l'un après l'autre, fermes et réguliers comme mon souffle, je me guidais tant bien que mal dans la lueur indistincte, essayant de deviner la courbe du couloir, anxieux de ne pas heurter un mur. De temps en temps, lorsque ça devenait trop sombre, je tendais une main pour me guider, mais parfois mes doigts ne trouvaient que du vide, une bifurcation peut-être ou juste un renfoncement, je chancelais mais ne m'arrêtais pas, m'efforçant de garder le cap. Lorsque ma main cogna un objet métallique, je sus tout de suite que c'était une poignée de porte, je marquai le pas pour m'en saisir et ouvris. La lumière, au-delà du seuil, m'éblouit, je clignai des yeux et masquai mon visage du bras. L'air était comme une fournaise, déjà mon visage se couvrait de sueur, j'ôtai rapidement ma veste pour m'essuyer avec, puis la nouai sur mes reins. Alors je regardai autour de moi. Je me trouvais à l'orée d'une étendue de terre rouge, sur laquelle se trouvaient dispersés des groupes de cases rondes, aux murs en terre cuite et aux toits en chaume. Des gens allaient et venaient, des femmes et des bandes d'enfants surtout, quelques hommes aussi, tous à la peau noire et aux cheveux courts et crépus, vêtus de couleurs vives, souvent mal assorties. Quelques grands palmiers s'élevaient entre les cases ; plus loin se dressait un vaste mur de végétation, où le vert brillant des manguiers se détachait des teintes plus sombres, vert-gris ou jaunâtre, des autres arbres. Des bruits d'oiseaux emplissaient l'air, des cris d'enfants fusaient ; parfois aussi résonnaient les aboiements d'un chien invisible. L'air était lourd, électrique. Une femme, assise devant une casserole noircie mijotant sur un petit feu, à l'ombre près d'une case, me fit signe d'approcher avec sa louche en bois. Près d'elle, sur une natte de paille tressée, dormait un petit bébé, une fillette nue avec juste une cordelette de couleur autour des reins. La femme m'indiqua un autre tabouret, et me tendit une écuelle fumante emplie de haricots rouges et une cuillère en fer-blanc. J'avais très faim et je dévorai allègrement le plat, la remerciant avec un sourire et quelques mots ; elle répondait dans une langue que je ne comprenais pas, m'encourageant d'un geste à continuer à manger. Cela manquait de sel mais peu importait, j'avalai cuillerée après cuillerée et raclai l'écuelle. Je suais toujours copieusement, la chaleur moite me collait les vêtements trempés au corps. Une bouffée de vent chaud secoua les palmiers et la femme leva la tête. Je regardai aussi : de lourds nuages noirs recouvraient le ciel au-dessus de la forêt. Déjà les premières gouttes s'écrasaient au sol, faisant jaillir des particules de terre rouge ; la femme ramassa le bébé dans sa natte puis se saisit de la casserole, gesticulant pour que je la suive sous une toiture de chaume dressée sur des pieux, comme une case sans murs. Il y avait là trois petites chaises et tabourets en bois et nous prîmes place en silence tandis que dehors la pluie avançait en bruissant, augmentant de volume jusqu'à noyer tous les autres sons. Tout s'était brusquement assombri. Le bébé se réveilla et se mit à pleurer. La femme le berça, puis d'un geste sec libéra de sa blouse un gros sein rond et flasque dont le nourrisson s'empara avidement, tétant de toutes ses forces. La pluie martelait maintenant la terre et je regardais la femme et son bébé en silence, écoutant les coassements de crapauds qui s'élevaient depuis la lisière de la forêt. Soudain une ombre apparut devant l'abri et cria quelques mots gutturaux. Le visage de la femme se décomposa, elle serra l'enfant contre elle, l'ombre s'était baissée pour entrer dans l'abri, lorsqu'elle se redressa je vis qu'il s'agissait d'un soldat armé, la tête couverte de petites nattes et la poitrine et les bras décorés d'objets hétéroclites, bijoux ou fétiches. Il criait et agitait son arme en direction de la sortie, la femme avait glissé de la chaise et s'était assise à même le sol, le bébé toujours serré dans les bras, l'homme me décocha sans prévenir un grand coup de pied, je tombai au sol et il continua à me labourer de coups jusqu'à ce que je me mette à ramper vers l'extérieur pour lui échapper. La pluie me trempa immédiatement, je tentai de me redresser, appuyé sur les mains, mais un violent coup dans le dos m'envoya voler dans une flaque. Hébété, sonné, la bouche emplie de boue que je recrachais en vain, je me recroquevillai sur le flanc, la douleur fusant comme une brûlure au fer rouge, incapable même de me hisser hors de la flaque. Brouillées, à peine distinctes, les bottes en caoutchouc vert de l'homme emplissaient tout le champ de ma vision, je roulai sur les épaules, la figure verte et brune, voilée par la pluie, se dressait au-dessus de moi en secouant son fusil, dans mon dos la femme hurlait aussi, je suivis le soldat des yeux tandis qu'il la rejoignait, elle s'agrippait convulsivement à son bébé, l'homme le lui arracha d'un geste brutal et l'envoya voler dans un buisson, la femme poussa un cri strident et se rua vers le buisson ; mais un violent coup de crosse au ventre la plia en deux, et elle s'abattit au sol où l'homme lui décocha un autre coup de botte à la tête. Je n'en vis pas plus, quelque chose ou plutôt quelqu'un s'était saisi de mes cheveux et me tirait dans la boue, je hurlai et tentai de m'agripper au bras, recevant une volée de coups pour ma peine, je suffoquais, à moitié étouffé par la boue et la terreur, enfin je parvins à prendre pied et tombai à genoux tandis qu'une main implacable, me tordant les bras dans le dos, me les liait au niveau des coudes. Puis on me hissa sur mes pieds et une grande bourrade me propulsa en avant. Il faisait maintenant presque nuit, la pluie m'aveuglait et je ne voyais rien, un dernier coup me jeta de nouveau au sol près d'autres personnes que j'entendais sans les distinguer. Je me tortillai pour me remettre à genoux, clignant furieusement des yeux, plusieurs têtes m'entouraient, des garçons et des filles, tous avaient l'air très jeunes et criaient et pleuraient dans leur langue. La corde me sciait les coudes et je sentais mes mains s'engourdir. Peu à peu la pluie se calmait, un coin de ciel gris perça derrière un nuage et déposa une lueur hésitante sur la scène, nous étions entourés de soldats tous semblables au premier, deux d'entre eux nouaient des cordes autour des reins des enfants assis, un autre vint m'attacher à mon tour de la même manière, plus loin d'autres soldats encore, brandissant leurs fusils automatiques, poussaient une demi-douzaine d'hommes vers l'immense manguier solitaire dressé au milieu de la place, ils les adossèrent au tronc et les lièrent ensemble, les hommes se laissaient faire sans se débattre, d'où je me trouvais je ne pouvais entendre s'ils protestaient ou non, la pluie tombait toujours un peu et le coassement des crapauds emplissait le soir, la lumière du jour finissant faisait luire les flaques éparpillées sur la place, un des soldats ramassa un gros bâton qui traînait là et, avec des gestes calmes, précis, méthodiques, fracassa les têtes des hommes attachés à l'arbre. Déjà d'autres hommes nous décochaient des coups pour nous faire mettre debout, je me rendis compte que nous étions tous liés les uns aux autres pour former comme une chaîne humaine, j'avais l'impression d'être le seul adulte là, tous les autres paraissaient des enfants ou des jeunes adolescents. Deux soldats se tenaient près de moi : « S'il vous plaît, *please*, *bitte*, *por favor*, *min fadlikum*, *pozhaluista*, *molim vas* », marmonnai-je idiotement dans toutes les langues que je connaissais, agitant mes bras dans mon dos. L'un d'eux me fixa avec des yeux très rouges ; l'autre lança quelques mots, et le premier sortit un couteau et s'avança pour couper les cordes qui me sciaient les coudes. Mes mains et mes avant-bras étaient bleus, je ne les sentais plus du tout, je les frappai contre mes cuisses et un horrible fourmillement les emplit, presque insoutenable, une douleur cuisante brûlait aussi mes coudes là où ils avaient été liés et je les massai tant bien que mal, serrant des dents pour ne pas gémir. Un peu plus loin, une jeune fille se débattait au sol en criant. Un soldat tentait de la redresser mais elle s'obstinait, frappant des pieds le sol boueux et hurlant de toutes ses forces. Enfin le soldat la lâcha et se redressa, ôta son fusil de son épaule, et il lui écrasa la tête en quelques coups de crosse, ne s'arrêtant que lorsque la fille cessa tout à fait de tressauter. Puis il détacha la corde de ses reins et la renoua pour reformer la chaîne qui déjà se mettait en marche sous les cris et les coups, laissant le cadavre étalé dans la boue, le sang et la cervelle éclaboussée souillant les flaques, encore piquées par les dernières gouttes de pluie.

On nous força à marcher toute la nuit. Comme tous les enfants pris avec moi, je dus porter sur la tête un lourd sac empli de grain ou de farine. La souffrance lancinante dans mes bras, meurtris par les cordes trop serrées, aggravait la difficulté de l'exercice ; je ne cessais de glisser dans la boue, de trébucher sur des racines, des lianes ou des ronces, souvent je laissais chuter le sac et recevais pour ma peine une volée de coups. Les branches épineuses me lacéraient les bras et le visage, les moustiques me dévoraient sans que je puisse même me gratter, j'avançais pas à pas en haletant, approximativement guidé par la corde me reliant à la fillette devant moi. Lorsqu'un des enfants, harassé de fatigue, finissait par s'écrouler, on le rouait de coups de botte ; s'il ne se relevait pas assez vite, on le tuait, d'un coup de bâton, de crosse ou de couteau : depuis l'apparition sous la pluie du premier soldat, je n'avais pas entendu un seul coup de feu. Autour de nous se dressaient les arbres immenses de la forêt, noirs et menaçants, pris dans des filets de végétation comme dans de gigantesques toiles d'araignées, la lumière de la lune filtrait à peine mais cela ne semblait pas gêner les soldats qui guidaient la marche. L'obscurité, des deux côtés de la colonne, était animée par la folle danse des lucioles, minuscules points de lumière verte qui apparaissaient et disparaissaient, brefs comme un clin d'œil amical ; de toute part, la forêt bruissait, cris d'oiseaux ou de singes effrayés par le passage de la troupe, sons de feuilles froissées, de branches cassées, de gouttes d'eau secouées des rameaux, un ordre aboyé dans une langue inconnue, le jappement de douleur et de peur d'un enfant frappé, le bruit rauque des respirations désespérées. Des odeurs violentes me prenaient à la gorge, odeurs de terre, de boue, de marécage, de feuilles décomposées, odeur âcre de la sueur des soldats qui parfois passaient à côté de moi, odeur plus doucereuse de la merde quand un des enfants, ne pouvant plus se retenir, se chiait dessus en marchant, odeur reconnaissable, entre toutes, de la peur. Lorsque nous arrivâmes au camp il faisait encore nuit. Des soldats en armes et une foule d'enfants nous accueillirent dans un vaste murmure contenu ; les sacs, les bidons, les casseroles furent ôtés de nos têtes par des mains agiles et presque invisibles ; séparés en deux groupes, garçons et filles, nous fûmes menés, à travers une clairière encore détrempée par la pluie, devant le chef de cette étrange armée. Campé sur un petit siège en bois tressé, il trônait sous un auvent de paille, entouré d'une dizaine de soldats armés de fusils russes et de machettes, des jeunes femmes et des fillettes à ses pieds, assises en silence. Des mains rudes nous forcèrent à genoux sur l'herbe humide, à une dizaine de mètres du groupe ; le commandant se leva, la lune éclairait ses traits et je pouvais clairement les distinguer, il paraissait jeune, à peine plus âgé que ses hommes, je les voyais mieux aussi et pas un ne semblait pleinement sorti de l'adolescence. Un soldat s'approcha de son chef et celui-ci, d'une voix forte mais un peu aiguë, prononça plusieurs phrases, aussitôt traduites par le soldat dans une langue que je ne comprenais pas plus que l'originale. Puis toute l'assemblée s'agenouilla autour de nous, le commandant seul resta debout, ses petites nattes huilées et ses gris-gris luisant dans la clarté nocturne, et entonna un cantique solennel, repris en chœur par tous les autres. Quand ce fut fini plusieurs soldats passèrent parmi nous, une petite calebasse à la main, à chaque nouveau captif ils trempaient les doigts dans le récipient et lui traçaient avec une épaisse substance blanche une croix sur le front, la poitrine, le dos, et les deux mains. Lorsque mon tour arriva, je me laissai faire passivement, fermant les yeux ; dorénavant, je leur appartenais. Puis le commandant distribua les filles à ses soldats, en gardant deux pour lui, et je fus repoussé avec les autres garçons vers un coin de la clairière, où l'on nous attacha de nouveau les uns aux autres par la taille en nous indiquant de nous coucher pour dormir. Au-dessus de ma tête, le feuillage des arbres se détachait du ciel pâlissant, quelques gouttes tombaient toujours des feuilles, la lune brillait un peu plus haut, et je ne voyais aucune étoile. Un petit cri bref résonna derrière moi, suivi d'un froissement de feuilles et d'un grognement ; je me retournai tant bien que mal : au milieu d'une étendue de hautes herbes vertes, près des premiers arbres, un soldat venait de pousser une des fillettes au sol. Elle était tombée sur le ventre, sur le sol un peu doré, et il baissait son pantalon tout en s'agenouillant derrière elle pour lui relever sa robe. Elle cria de nouveau et il la frappa, un coup de poing brutal à la nuque ; elle se tut tout de suite, et il se coucha sur elle ; ses deux fesses noires et ses puissantes cuisses, presque bleues sous la lueur froide de la lune, me faisaient face, je les regardai aller et venir quelques instants, le corps de la fille avait disparu dans les hautes herbes mais on devinait son tremblement impuissant, enfin je me retournai sur le dos et fermai les yeux. Le répit dura peu, un coup de botte dans les côtes me réveilla trop vite, autour de moi, dans la lumière du petit matin, le camp s'activait, des jeunes filles pilonnaient des aliments dans des mortiers en bois, des garçons ramenaient du bois mort, on préparait des feux et faisait bouillir de l'eau. Quelques soldats nous détachèrent et nous indiquèrent qu'on pouvait entrer dans les bois faire nos besoins. Je passai entre les arbres, m'éloignant un peu des autres garçons et cherchant un buisson, et enfin baissai mon pantalon raide de boue et de crasse et m'accroupis : la merde se mit à couler de suite, liquide, puante, presque verte. Quand ce fut fini je me torchai tant bien que mal avec des feuilles et me redressai. Un peu plus loin des soldats criaient, des garçons couraient à travers les arbres vers le campement. Ce fut alors que je remarquai avec étonnement une hutte, plantée là au bord d'un terrain dégagé entre les arbres, avec des murs en terre fermés par une petite porte en bois. Je m'approchai et tirai le loquet en métal pour pousser la porte, elle céda facilement et je baissai la tête et les épaules pour entrer. Une fois dans le couloir je me redressai et malgré les douleurs dont j'étais encore perclus repris tout de suite la course. Je ne sentais plus nulle fatigue ni inconfort, ma respiration venait facilement et mes longues foulées tombaient avec régularité, même si j'avais aussi du mal à garder mon équilibre, je titubais un peu, désorienté par le manque de lumière et de repères, je me cognai violemment contre un mur mais n'interrompis pas ma course, cherchant à tâtons le moyen de naviguer entre les parois, évitant les secteurs plus sombres qui auraient pu se révéler des oubliettes, ou bien des galeries latérales menant Dieu sait où. Enfin je déboulai dans le vestiaire et me changeai rapidement, tirant mon bonnet de bain sur mes cheveux encore souillés de boue et passant les portes battantes pour me retrouver dans un grand espace tout bleu empli d'échos de cris et de bruits d'eau. Tout autour, de longues glaces encadrant le bassin me renvoyaient des reflets de mon corps, fragmentés et impossibles à relier entre eux, je vacillais encore, puis je me ressaisis et me redressai et, corps tendu, fesses serrées, plongeai droit comme une lance dans l'eau claire et fraîche.

II

J'enchaînai les longueurs sans les compter, heureux de la force de mes muscles et du contact fluide et visqueux de l'eau, marquant à peine la pause aux extrémités du bassin avant de me relancer avec une vigueur à chaque fois renouvelée. Enfin, plongé sous la surface, les yeux grands ouverts, j'achevai mon parcours. Ma tête creva la surface, mes deux mains trouvèrent le rebord, prirent leur appui, et, d'une traction, hissèrent mon corps ruisselant hors de l'eau. Désorienté par la lumière bleue et les sons, j'arrachai mon bonnet et mes lunettes, et restai là un instant, l'eau dégoulinant de mon corps pour former une flaque à mes pieds. Les clapotements de l'eau, les cris et les rires résonnaient autour de moi, les grandes glaces encadrant la piscine me renvoyaient de toutes parts des fragments de mon corps, une épaule ici, une cuisse là, le flanc, le pectoral, la nuque, la longue courbe du dos. Près de moi une jeune fille élancée plongea dans l'eau en un bref mouvement puissant. Je me ressaisis et me dirigeai vers les portes battantes que je repoussai d'un coup sec des paumes de la main. Séché, revêtu d'un survêtement gris soyeux, agréable à la peau, je me retrouvai dans le couloir et me mis à courir à petites foulées, mes baskets blanches frappant le sol d'un pas léger, ma respiration sifflant entre mes lèvres. Il régnait ici une luminosité diffuse, presque opaque, je ne voyais aucune source de lumière et pouvais juste assez distinguer les parois pour me diriger ; par endroits, des zones plus sombres semblaient indiquer des bifurcations ou à la rigueur des sortes de dépressions, je les ignorais et continuais droit, tant bien que mal car le couloir paraissait s'incurver et je devais constamment corriger ma course pour éviter de me cogner aux murs. Parfois, pour me guider, je tendais les doigts, et c'est ainsi qu'ils heurtèrent un objet métallique, une poignée dont je me saisis et que je poussai d'un geste décidé, suivant le mouvement de la porte qui s'ouvrait. Je me retrouvai dans un jardin inconnu mais qui néanmoins me paraissait vaguement familier, un jardin presque sauvage, abandonné, envahi par les mauvaises herbes. J'avançai avec difficulté entre les longues branches épineuses des bougainvillées, à moitié étouffées par le lierre qui recouvrait tout ; devant moi, la haute façade de la maison, dressée comme une tour, disparaissait sous la glycine qui proliférait vers le toit en s'entremêlant, ou bien se rabattait sous son propre poids, masquant le soleil et plongeant le jardin dans une semi-obscurité qui ne diminuait en rien la chaleur moite et pesante. J'essuyai de la manche la sueur qui baignait mon visage et entrai dans la maison. Tout était silencieux. Au fond du couloir, je poussai une porte entrouverte : c'était une chambre d'enfants, j'examinai un instant les jouets, les affiches de cinéma, les cavaliers de plomb éparpillés sur le grand tapis avant de rebrousser chemin et de m'engager dans l'escalier en colimaçon qui montait à l'étage. Une reproduction encadrée de *La dame à l'hermine*, à peine visible sous la saleté, décorait le palier ; en haut tout était vide. Je passai mes doigts sur des surfaces noires de poussière, des couches épaisses, intactes, comme si la maison avait été abandonnée depuis longtemps ; pourtant, je discernais partout des traces d'une présence récente, la vaisselle sale s'entassait dans l'évier, le frigo était plein même si les aliments commençaient à puer, les iris disposés dans un vase étroit achevaient à peine de se flétrir ; au salon, la table était toujours mise, les débris d'un repas emplissaient les plats et les assiettes ; des vêtements traînaient sur les meubles, un livre ouvert sur le sofa, une bouteille débouchée sur une commode. Je montai à l'étage suivant. La chambre était sombre, baignée d'une faible lueur verte, la lumière du jour presque entièrement filtrée par la glycine recouvrant la fenêtre. Il régnait ici une chaleur suffocante et j'essayai d'ouvrir la fenêtre, mais la glycine m'en empêchait et je ne réussis qu'à l'entrebâiller. Je voulus allumer la lumière mais les ampoules semblaient grillées ; j'en trouvai une neuve dans un placard de la salle de bains et changeai celle de la lampe de chevet, elle ne s'allumait toujours pas ; je redescendis, trouvai le boîtier à fusibles dans la cuisine, les plombs avaient sauté et je réarmai le disjoncteur principal, allumant du même coup plusieurs plafonniers. En haut, la lampe de chevet jetait maintenant sur la scène une lumière jaune et morne. Je regardai autour de moi. Au pied du lit s'entassait un grand couvre-lit brodé, des longues herbes vertes sur un fond doré, négligemment jeté là ; des habits de femme étaient éparpillés un peu partout, des culottes sales, des jupes, des chaussures dépareillées ; sur la commode traînaient plusieurs photographies que je ramassai et examinai rapidement, les unes après les autres. Elles me représentaient toutes en compagnie d'un beau petit garçon blond aux yeux vifs et pétillants, on le voyait à différents âges et dans différentes situations, à la plage, au cirque, sur une barque, mais toujours proche de moi, entre mes bras ou assis sur mes genoux. Je les reposai et commençai à parcourir les tiroirs. Dans celui de la table de nuit, je trouvai ce que je cherchais, une paire de ciseaux à papier, en métal très lourd ; je repris les photos et commençai à les découper, séparant à chaque fois mon image de celle du petit, que je jetai dans le tiroir pour le refermer quand j'eus fini. Puis je brassai les morceaux de photos restants comme un jeu de cartes et les déployai en éventail. Abstrait ainsi de son contexte, mon visage figé prenait vie, il réfléchissait comme un miroir la présence de l'enfant éliminé, mettant à nu tout ce qui le liait à lui et ne pouvait jamais être défait. Cela suscitait en moi un sentiment glacial, je ne pouvais détacher mon regard de ces images et en même temps je ne pouvais plus les regarder ; enfin, débordé d'angoisse, je les lançai rageusement sur la commode où elles tombèrent en s'éparpillant.

Dans la cuisine, je fouillai le frigo et le congélateur à la recherche de quelque chose de comestible ; je trouvai enfin quelques langoustines surgelées que je fis sauter dans une poêle avec de l'huile d'olive et de l'ail. Je les dégustai avec un délicieux vin blanc très frais, écartelant des doigts la carapace des abdomens et faisant craquer les pinces entre mes dents pour en sucer les fibres et le jus. Le repas achevé, je débarrassai vite et lavai soigneusement mes doigts, qui sentaient l'ail et les fruits de mer, avant de revenir achever le vin avec un petit cigare fin devant la baie vitrée du salon, contemplant la lumière safranée du soir à travers l'enchevêtrement de la glycine. Lorsque la lumière tomba tout à fait j'allumai une à une les lampes du salon. J'essayai aussi de mettre un disque, mais la chaîne restait morte, quelque chose avait dû griller. Enfin je montai. Près du lit, la lampe de chevet éclairait toujours la chambre de sa lumière sale ; mon regard parcourut les draps froissés, malpropres, tachés ; lorsque je tentai de battre l'oreiller, un nuage de poussière s'en dégagea, me faisant éternuer à plusieurs reprises. Agacé, j'ôtai la taie et tirai les draps, puis retournai un placard pour en trouver des propres et refis à la hâte le lit. Je traînai le couvre-lit jusque dans l'escalier pour le secouer ; l'espace s'emplit de poussière, je le frappai plusieurs fois contre les marches de pierre, éternuant convulsivement, avant de retourner le jeter sur les draps. À travers les interstices de la glycine, la lumière de la lune filtrait péniblement, tachetant de petits points blancs les longues herbes vertes et le fond doré du tissu. Je me déshabillai rapidement ; une fine couche de sueur recouvrait ma peau, il faisait toujours aussi chaud, j'avais la sensation d'étouffer. Je m'allongeai sur le ventre, étendant mes bras et caressant des doigts la trame épaisse de la broderie. Ma verge s'était coincée sous mon ventre et je la dégageai ; mes fesses picotaient, et je me retournai pour regarder la grande glace verticale dressée près de la porte : mais elle ne renvoyait l'image que d'un coin vide du lit, un pan de mur blanc, le bord de la croisée. Je m'endormis ainsi, mon corps nu sur les herbes du couvre-lit, baigné dans cette lumière inégale et hésitante. Un bruit indéfinissable me tira d'un rêve où je tentais de convaincre une jeune femme blonde, au chignon savamment décoiffé, de prendre des cours de conduite. Sans me retourner, je regardai par-dessus mon épaule en direction de la porte : elle était maintenant ouverte, alors que j'étais certain de l'avoir fermée. Le rectangle noir de l'escalier se détachait du cadre de la porte, je scrutai cette obscurité, en vain, il n'y avait rien. Lorsque je m'éveillai de nouveau le ciel, derrière la glycine, semblait pâlir. À part un très léger bruissement de feuilles il n'y avait toujours aucun son. Je me levai, passai rapidement mon survêtement et descendis au salon. Devant la porte de la cuisine, je caressai brièvement l'idée de me faire un café, mais j'y renonçai de suite et descendis à l'étage inférieur. Dans la chambre d'enfant, je tentai de me diriger vers le lit, mais les cavaliers de plomb dispersés sur le tapis gênaient mes pas, j'avais peur de les écraser et je demeurai un moment près de la porte, contemplant le lit vide et les draps roulés en boule, avant de faire demi-tour et de traverser le couloir pour sortir dans le jardin. Les feuilles mortes et les brindilles craquaient sous mes pieds, la chaleur matinale collait à ma peau, la profusion de la végétation incontrôlée m'inspirait une inquiétude sourde, vague. Je me dirigeai vers la porte du fond qui s'ouvrit aisément sous la pression de ma main. Dès qu'elle se referma derrière moi je me mis à courir, soulagé par la fraîcheur relative qui régnait ici. Les cadences de ma respiration rythmaient celles de mes foulées ; tout paraissait un peu flou, indistinct, je ne voyais même pas le plafond, si tant est qu'il y en eût un, mais cela ne me gênait pas, je devinais plus que je ne les distinguais avec précision les murs, la grisaille plus sombre qui indiquait ici et là un croisement ou tout au moins une encoignure, j'évitais tout obstacle pour suivre la longue sinuosité du couloir, frappant gaiement de temps en temps une paroi pour m'assurer de sa solidité et de la douceur de son revêtement. C'est ainsi que ma main tomba sur une protubérance métallique : je m'en saisis, tournai et poussai. Au-delà du seuil mon pied s'enfonça dans quelque chose de mou et je m'arrêtai pile. Je me trouvais dans une chambre assez large, plutôt claire, avec peu de meubles ; aux murs, les vignes dorées du papier peint s'entrelaçaient jusqu'aux moulures ; une moquette rouge foncé, presque couleur sang, recouvrait le sol. De l'autre côté de la chambre, séparé de moi par un lit recouvert d'un lourd tissu doré brodé de longues herbes vertes, se tenait une figure aux cheveux de jais coupés court. Les volets de la fenêtre étaient clos, mais elle fixait quelque chose dans la vitre, peut-être son propre reflet. Je repoussai doucement la porte qui se referma avec un bruit sourd ; la figure se retourna, et je vis alors qu'il s'agissait d'un homme, un beau jeune homme qui en m'apercevant laissa un petit sourire fugitif traverser son visage mat et anguleux. Il était d'une beauté irréelle, presque parfaite, une beauté qui l'isolait définitivement du monde. D'un mouvement souple et félin, il contourna le lit et sans un mot me saisit la nuque avec la main pour attirer ma bouche contre la sienne. Sa barbe, mal rasée, râpait ma peau, mais je lui rendis avidement son baiser, à la fois enivré et rebuté par son odeur d'eau de Cologne bon marché mêlée à une sueur musquée. D'un mouvement, il me coucha sur les feuilles vertes du couvre-lit et vint s'agenouiller au-dessus de moi, en appui sur ses bras puissants que je caressai du bout des doigts en même temps que ses épaules, sa nuque, ses flancs. Ma verge, coincée un peu de travers, durcissait sous le survêtement; il se redressa, je tendis les mains et entrepris de défaire la boucle de sa lourde ceinture de cuir, il recula encore et se mit debout, mes doigts fouillaient pour dégager son sexe, bloqué sous l'élastique du slip, enfin il se libéra, déjà gonflé, doux et ferme, et je me penchai pour en lécher la pointe avant de la faire glisser entre mes lèvres. Il durcissait encore et emplissait ma bouche, se pressant contre ma langue et le fond de la gorge, je le roulai entre mes lèvres, savourant sa douceur et sa puissance, sa main, sur ma nuque, me plaquait contre les poils de son bas-ventre, je respirais par le nez, affolé par son odeur fade et âcre mêlée d'urine et de déodorant, aspirant la verge dressée avec la langue et les lèvres, enfin un haut-le-cœur me fit hoqueter et je m'arrachai à lui, déglutissant convulsivement. Sa queue humide frappa ma joue tandis qu'il laissait fuser un bref rire sec, sa main toujours plaquée sur ma nuque. Je voulus rapprocher ma bouche du sexe mais il s'éloigna de quelques pas, le laissant battre au rythme de son cœur entre les pans ouverts du jeans avant de le fourrer de nouveau dans le slip et de tout reboutonner. « Attends. J'ai faim. » Il décrocha le combiné posé près du lit, composa un numéro et, brandissant devant ses yeux un dépliant en carton, nomma quelques plats. Je me relevai, secouant mes jambes engourdies, et passai dans la salle de bains, où j'ouvris grand les lourds robinets de porcelaine de la douche, une main sous le jet d'eau pour en évaluer la température.

Sous l'eau brûlante il se frotta contre moi, m'étreignant le cul et me pressant contre lui, sa verge toujours à moitié raide cognant contre la mienne. Je le fis tourner pour lui savonner les épaules, le dos, les hanches, glissant mes doigts entre ses fesses et caressant les touffes de poils bouclés autour de son anus. Sa peau mate était couverte de nombreuses petites cicatrices, assez épaisses à certains endroits pour former des bosses, j'en comptai trois sur son épaule et en sentais encore quelques-unes sous mes doigts, sur sa poitrine et son aine, et une aussi longue et fourchue à l'angle de la mâchoire. Je pressai ma verge contre son cul et lui mordis la nuque tandis qu'il s'appuyait à la paroi carrelée. Des coups sourds retentirent à la porte de la chambre. Il se dégagea, me passant les doigts le long des bourses et du sexe, et enfila un grand peignoir éponge avant d'aller ouvrir. Je me laissai aller au jet d'eau, pliant la nuque sous sa pression brûlante. Une envie puissante m'emplissait, tendant mes muscles d'excitation tout en me laissant traversé d'un sentiment vide, repu. Enfin je coupai l'eau et me séchai rapidement, passant l'autre peignoir suspendu là sans prendre la peine de le refermer. Assis en tailleur sur le couvre-lit vert et doré, le jeune homme contemplait un grand plateau où s'alignaient des plats en bois laqué emplis de poisson cru et de légumes confits. Deux bières dorées moussaient dans de hauts verres à peine évasés. Je le rejoignis et commençai à manger en silence. À part le cliquetis des baguettes il n'y avait aucun bruit ; derrière les volets, qui donnaient, je supposais, sur une rue ou une cour, tout était silencieux ; seule une lampe, au chevet du lit, nous éclairait d'un halo pâle, je voyais clairement nos reflets dans les carreaux de la fenêtre, deux silhouettes un peu floues, drapées de blanc, qui se détachaient du champ verdoyant du couvre-lit. J'achevai les derniers petits légumes, repoussai le plateau, et entrepris de défaire le nœud de son peignoir, glissant ma main entre ses cuisses pour caresser sa verge. Il poussa un grand soupir et se rabattit sur le couvre-lit. J'écartai ses jambes et me penchai en avant pour passer ma langue autour de ses bourses puis les faire rouler entre mes lèvres, l'une après l'autre. Des deux mains, je repoussai ses genoux en arrière, presque contre ses épaules, et continuai à le lécher, glissant ma langue le long du périnée puis fouillant entre les poils et dardant la pointe pour enfin venir lui chatouiller l'anus. Cela avait un goût un peu piquant, âpre, j'enfonçai la langue tandis qu'il soupirait et me caressait les cheveux d'une main, tirant ses mollets toujours plus en arrière. Il faisait très sec dans cette chambre, je manquai vite de salive, je laissai aller ses jambes et me redressai pour boire un peu de bière, il prit le verre de mes mains et but aussi, puis d'un mouvement nerveux se dégagea de son peignoir et se retourna sur le ventre, m'offrant ses cuisses velues et ses puissantes fesses musclées ; je me dénudai à mon tour et m'étendis sur lui, mon sexe raidi pressé entre ses cuisses, je lui pris le menton dans la main et tournai sa tête vers la mienne, ses lèvres avaient encore le goût amer de la bière, je lui relevai le bassin et d'une main guidai ma verge vers l'ouverture de l'anus, mais il était trop sec, alors je me redressai et fit venir de la salive sur ma langue tandis que des deux mains je lui écartais les fesses, la salive coula sur les poils et l'anus froncé, à peine dilaté, je le massai du pouce que j'enfonçai un peu, puis m'enduisis aussi de salive la verge. Alors je la pressai de nouveau au centre des poils, il grogna, poussa aussi, cela s'ouvrit d'un coup et je me retrouvai happé, collé contre son cul, je passai mes mains sous ses aisselles et les refermai sur sa nuque, m'agrippant à lui et le forçant à grands coups de reins, il râlait, le visage pressé dans les feuilles vertes du couvre-lit, je lui soulevai encore le bassin et me retournai : dans les carreaux de la vitre, je distinguais nettement nos deux corps l'un sur l'autre, la double lune de mon cul et mes cuisses écartées, suspendues au-dessus des siennes avec entre elles une masse plus sombre, indistincte. Déjà la jouissance me crevait le dos, me tirait la peau de la nuque ; je ralentis le mouvement ; juste à ce moment-là, le téléphone sonna, nous figeant l'un sur l'autre. Tout en me retirant pour décrocher, je serrai de toutes mes forces les muscles du bassin, mais c'était trop tard, la jouissance m'avait pris et mon sperme, tandis que j'articulais un « Oui ? » rauque dans le combiné, jaillissait en longues saccades, éclaboussant mon ventre, le cul du garçon, les feuilles brodées du couvre-lit. « Oui ? » Dans le combiné, personne ne répondait. Je pressai l'oreille, répétai plusieurs fois « Allô ? Allô ? », mais je n'entendais que le léger bourdonnement de la ligne vide. Toujours couché sur le ventre, le jeune homme se branlait rapidement, je raccrochai enfin et lui saisis à pleines mains le cul et les bourses, crispant les doigts tandis qu'il jouissait à son tour.

Une coupure de courant nous plongea dans le noir tandis que je tentais d'essuyer les traces de sperme sur le couvre-lit à l'aide d'un rouleau de papier toilette. Je me couchai auprès du garçon, qui me tourna le dos avec un soupir difficile à interpréter. Je me pressai contre lui, ma verge maintenant molle nichée dans le creux de ses fesses. Nous dûmes nous endormir ainsi. Le retour de l'électricité me réveilla subitement. J'avais la bouche sèche, pâteuse ; clignant des yeux, je m'extirpai du lit pour aller boire avidement au robinet de la salle de bains, brièvement aveuglé par la lumière du néon que je coupai de suite. En ressortant je contemplai le garçon : il dormait toujours, étalé sur le ventre, ses jambes velues emmêlées dans le tissu brodé. Je passai lentement le gras des doigts le long de son dos et de ses fesses, butant sur les cicatrices ; la peau crissait, presque rêche ; entre ses jambes, mon sperme avait séché en longues traînées blanchâtres. Il faudrait baisser le chauffage, me dis-je confusément. Mais je ne voyais aucun thermostat, aucune manette. J'emplis enfin deux verres d'eau et les posai sur le radiateur avant de couper la lumière et de me recoucher le long du jeune homme, une main sur son flanc. Des bruits d'eau, provenant de la salle de bains, me réveillèrent tout à fait. La lumière était de nouveau allumée et j'étais seul sur le lit. Je frappai à la porte de la salle de bains et entrai sans attendre de réponse : le jeune homme, debout devant la cuvette, pissait. Je lui embrassai l'épaule puis me rinçai rapidement sous la douche. Lorsque je ressortis, une serviette nouée autour des reins, il achevait d'enfiler son jeans et de boucler le ceinturon. Avec un sourire je tapotai le renflement formé par sa verge : « Beau paquet », dis-je. Il eut un rire sec, passa son T-shirt par-dessus sa tête, tira un téléphone de sa poche et le consulta : « Je dois y aller. Tu me donnes l'argent ? » Je le regardai avec surprise : « L'argent ? » — « Oui, l'argent. Comme toujours. » Il était assis sur le bord du lit maintenant et passait ses chaussettes et ses bottines de cuir. Une inquiétude sourde m'envahissait les muscles, j'hésitai, puis allai fouiller dans les poches de mon survêtement avant de me retourner avec un geste d'impuissance. Le garçon s'était relevé et se tenait devant moi, les épaules un peu fléchies et le visage calme et froid ; un sentiment de menace émanait de sa personne, pas de son visage mais de l'arrondi de ses épaules, la tension de ses cuisses, le repos trompeur de ses bras ballants. « Alors ? » — « Je n'ai pas d'argent, en fait. » — « Tu te fous de ma gueule, ou quoi ? » Son bras se redressa et avant que je puisse esquisser un geste de défense me décocha une immense gifle qui me propulsa contre le mur ; un second coup, du poing fermé au ventre, me plia en deux et me mit à genoux devant lui, hébété, le souffle coupé. Il me prit par les cheveux, me redressa, et me frappa encore plusieurs fois au visage, m'envoyant voler sur le lit où ma bouche éclaboussa de sang le lourd tissu du couvre-lit. « Tu te fous de ma gueule ? » Il me poursuivait à travers la pièce, la serviette était tombée et je rampais nu tandis qu'il me bourrait les côtes et les membres de coups de pied, qui explosaient dans mon corps comme des gerbes de feu. Enfin il me laissa affalé sur la moquette, la bouche et le nez emplis de sang, me débattant en sifflant pour inspirer un peu d'air. Le dos de ses jambes se dressait devant moi, je voyais mes vêtements tomber au sol les uns après les autres. « Putain, c'est vrai que t'as rien, mon salaud », fit sa voix loin au-dessus de ma tête tandis que ses jambes se tournaient vers moi. Je vis encore reculer la pointe d'une de ses bottines, puis plus rien. Lorsque je revins à moi je gisais toujours ainsi, nu sur la moquette trempée de sang ; heureusement, la couleur était la même, ça ne se voyait pas trop. Je restai là un long moment à haleter, laissant la douleur fuser à travers mon corps, puis je me traînai jusqu'à la salle de bains où je parvins à me hisser devant l'évier. Je me rinçai le visage, la bouche ; l'eau, rougie, éclaboussait l'évier et la glace, je me palpai délicatement le nez et les dents, une ou deux bougeaient un peu mais elles étaient toutes là, le nez ne paraissait pas cassé, je continuai à boire et à me rincer, jusqu'à ce que l'eau coule presque claire. Alors je revins dans la chambre où je ramassai avec difficulté mes vêtements et m'assis comme un bloc au bord du lit pour les enfiler, péniblement. Enfin vêtu, je me laissai aller en arrière quelques instants pour reprendre mon souffle, puis me dirigeai vers la porte. Il y en avait en fait deux, je ne l'avais pas remarqué, et je n'avais aucune idée de laquelle avait empruntée le jeune homme, sur qui je ne souhaitais pas tomber de nouveau. Au hasard j'en ouvris une et sortis. Tout de suite l'air frais du couloir me redonna de la vigueur, la douleur tenaillant mes membres s'estompa et je me mis à courir à petites foulées, posant avec régularité un pied devant l'autre et respirant avec aise. Il ne faisait plus si sec et rapidement une fine pellicule de sueur recouvrit mon visage et mon corps endolori ; en avalant ma salive, je goûtais toujours la pointe âcre, un peu ferrugineuse du sang ; je pressai mes dents de la langue, cela faisait mal mais elles tenaient bon. Tout était très gris ici, ma vue restait brouillée et je ne distinguais presque rien, à peine peut-être quelques rectangles un peu plus sombres qui auraient aussi bien pu dessiner des niches ou des alcôves que des embranchements, je m'efforçais de rester au centre du couloir, ce qui n'était pas aisé car il s'incurvait constamment, de temps en temps je manquais de heurter un mur et je titubais en me redressant, mais jamais je ne cessais de courir, je lançais un pas devant l'autre en tendant une main, doigts ouverts, pour m'assurer de l'emplacement des parois, et c'est ainsi que je remarquai un peu par hasard un objet métallique, une poignée semblait-il, mes doigts se refermèrent dessus et poussèrent et la porte s'ouvrit d'un coup. Je la suivis et sans lâcher prise passai le seuil. L'espace qui s'ouvrait là, un vaste studio, m'accueillit comme un refuge et je le traversai en chancelant, m'appuyant aux murs et aux bibliothèques qui les recouvraient, pour arriver à la grande fenêtre coulissante du fond, devant laquelle je m'effondrai dans un fauteuil en cuir noir. Je me sentais désorienté, sans pensée mais terriblement mal avec moi-même, ce n'était pas la douleur physique qui déjà avait presque disparu, non, il s'agissait d'autre chose, une angoisse sourde qui me vrillait l'esprit et m'empêchait de jouir de la vue paisible qui s'offrait à moi, des entassements de petits immeubles bariolés, étagés jusqu'au double mur formé par la longue bande bleue de la mer et la bande plus pâle, virant au gris à la limite de l'horizon, du ciel. Je restai là un long moment, respirant entre les lèvres, avant de me hisser péniblement hors du fauteuil pour aller déambuler à travers le studio. Un boîtier de disque traînait sur la chaîne, des enregistrements anciens de concertos pour piano de Mozart, mais je n'avais aucune envie de musique et je le laissai là. Tout me paraissait futile, vidé de sens et d'intérêt, les livres serrés sur les étagères, les reproductions et les gravures accrochées aux murs. Je me servis un verre d'eau-de-vie, le bus et m'en reversai un autre avant de m'enfoncer dans le divan, de cuir noir comme le fauteuil, roulant entre mes doigts un petit cigare que je n'allumai pas. Un album se trouvait là, posé sur une table basse, je le feuilletai distraitement : de format horizontal, relié de toile blanche, il montrait des femmes et des hommes nus, effectuant divers mouvements décomposés en séquences par le dispositif de prise de vue. Je ne m'arrêtai à aucune planche en particulier, elles défilaient devant mes yeux, séries figées de dos, de cuisses, et de culs blancs, saisis pour l'éternité par le déclenchement successif des obturateurs dans des poses qui ne formaient plus un mouvement unique mais servaient bien plutôt à mettre en relief ces corps blancs et ce à quoi ils se réduisaient, dos, culs et cuisses.

Il faisait frais dans cet appartement, presque froid. Je fouillai dans les placards à la recherche de quoi manger et me composai un repas sommaire de sardines à l'huile, d'oignon cru, de pain noir et de vin rosé. J'achevai la bouteille, mon corps déjà tremblant de froid sous mon mince survêtement ; à peine eus-je fini de débarrasser que je sentais mon abdomen se contracter, le repas remonta d'un coup, le vin encore froid mêlé aux débris d'oignons et de sardines en une bouillie épaisse qui éclaboussa l'évier, cela se calma un peu et je courus main devant la bouche à la salle de bains, de nouveau tout revenait et j'achevai de me vider dans la cuvette de porcelaine blanche, les larmes aux yeux, la gorge brûlée par la mixture acide, le ventre tordu par les spasmes. Quand ce fut fini je me rinçai abondamment la bouche, puis m'assis à même le sol pour reprendre mon souffle. Enfin je me relevai. Dans la kitchenette, je me versai une grande rasade d'eau-de-vie que j'avalai d'une traite, cela ajoutait à la sensation de brûlure mais fit un peu passer le goût immonde qui m'emplissait encore la bouche, je lavai tant bien que mal l'évier et retournai à la salle de bains me faire couler une douche, attendant l'arrivée de l'eau chaude avant de me déshabiller et de me plonger dessous. L'eau frappait mon corps épuisé sans le revigorer, j'avais du mal à me situer, je promenai mes mains le long de mes flancs, mes hanches, mon cul et mes cuisses, sans parvenir à retrouver le sens de ce corps qui se délitait et m'échappait. Dans la chambre, je me séchai devant une grande glace ronde penchée au pied du lit, un simple matelas posé à même le sol et recouvert d'un couvre-lit brodé, assez épais, des longues herbes vertes sur fond doré. Mon corps, dans la glace, me paraissait illisible, je contemplai abstraitement les membres et le torse marbré de taches bleues et noires virant au vert, seule la verge veineuse, oubliée et inutile entre les cuisses, me paraissait le distinguer d'un corps de femme, c'était en tout cas un corps flou, indistinct, et quand je me retournais il le devenait encore plus, réduit à quelques lignes, courbes et pans de peau éclairés qui auraient pu appartenir à n'importe qui. Je me mis à genoux sur le couvre-lit, dos au miroir, en tournant la tête je voyais les globes blancs des fesses avec niché au milieu le renfoncement brun de l'anus, je serrai les cuisses pour cacher les bourses, ne laissant ainsi dans le champ de ma vision que le derrière, l'anus et les herbes vertes du couvre-lit, je tirai sur les fesses et l'anus se dilata un peu, s'ouvrant comme un iris sur sa profondeur insondable, trou noir qui me paraissait la seule partie encore entière de mon corps en voie de désagrégation, peinant dans le miroir à se réorganiser autour de lui. Je m'humectai un doigt de salive et le passai sur le rebord de la cavité, pressant en petits cercles, puis fermai les yeux et enfonçai une phalange, le contact me rassurait et je poussai encore, cela répandait une sensation de bien-être tout autour qui se diffusait à travers mon corps glacé, lui dessinant une forme, approximative encore, mais bien réelle. L'interphone sonna et je retirai le doigt en ouvrant les yeux. J'attendis. Il sonna de nouveau, à longs coups répétés, grinçants. Je me levai et du même doigt que je venais de retirer de mon corps appuyai rageusement sur le bouton : « Oui ? » aboyai-je. Une voix de femme me répondit, une voix douce et ferme, une voix de femme blonde pensai-je sans comprendre comment j'aurais pu le savoir. « Monsieur, disait-elle, j'habite comme vous cet immeuble, votre circuit électrique a des pics de tension très importants qui provoquent des délestages chez tous vos voisins. Il faut que ça cesse. » La colère me gonfla le visage et je criai dans l'interphone d'une voix entrecoupée, tremblante : « Madame, j'ai fait entièrement réviser ce circuit par un électricien professionnel, deux fois de suite. Ça suffit, enfin ! » Je retirai mon doigt du bouton d'un geste sec, puis coupai l'interphone pour qu'il ne puisse sonner de nouveau. Toujours furieux, désemparé, je m'allongeai sur le couvre-lit, couché sur le ventre, bras écartés, et m'endormis brutalement. Lorsque je me réveillai je tremblais de froid. Je me levai et m'entourai les épaules du couvre-lit, puis traversai le studio dans le noir pour aller me poster devant la fenêtre coulissante. En contrebas, j'apercevais dans le noir un losange de lumière, la croisée d'un appartement voisin formant un plan traversé de biais par un long divan de tissu blanc sur lequel s'était laissée couler une jeune femme nue, vite suivie d'un homme en érection. Celui-ci lui releva les jambes pour l'enfiler, allant et venant avec un rythme régulier, saccadé, quasi mécanique, puis la retourna sur les genoux et reprit son mouvement, toujours au même rythme. Après quelques instants ils changèrent de nouveau de position, cette fois c'était lui qui était assis sur le divan et elle qui s'accroupissait sur lui, mais le rythme restait identique, presque comique, le rythme d'un vieux film de Buster Keaton tourné en seize images par seconde, ils enchaînaient ainsi les figures comme s'ils essayaient systématiquement toutes les positions préconisées par un manuel allemand d'harmonie du couple, je regardai encore un moment les lunes redoublées de leurs culs, face au losange lumineux de la vitre, puis me lassai et retournai m'allonger sur le matelas, toujours enroulé dans le couvre-lit qui me protégeait un peu de la fraîcheur de la nuit. Je rêvai de travaux interminables et mal réalisés, et aussi d'une femme blonde, ma mère ou ma femme, je ne pouvais en être certain, qui ne savait pas conduire et ne voulait pas apprendre. Quand je me réveillai de nouveau une lumière froide tombait dans la chambre, faisant scintiller la trame dorée du tissu mais ne réchauffant rien. Je me levai et m'habillai rapidement, avalai un verre de jus, et me dirigeai vers la porte. À l'instant de l'ouvrir j'hésitai, la main sur la poignée, quelque chose me retenait vaguement, la voix de la femme dans l'interphone peut-être, mais ce sentiment fugace s'évanouit aussi vite qu'il était apparu, je tirai la porte et sortis. Immédiatement une douce tiédeur envahit mes membres, et, subitement détendu, je me mis à courir d'un pas régulier et peu rapide, coudes au corps, respirant avec aise et fixant le sol devant mes pieds, aussi gris et difficile à situer avec précision que les murs ou le plafond, quasi invisible dans l'obscurité, si tant était qu'il y en eût un, qui sait, peut-être ce long couloir était-il ouvert sur l'extérieur, on ne pouvait être sûr de rien. De temps en temps une de mes manches frôlait une paroi, je corrigeais alors instinctivement ma course, m'efforçant de suivre la courbe imperceptible sans dévier, ne prêtant pas attention aux zones plus obscures qui auraient tout aussi bien pu se révéler des renfoncements que des abris de sécurité ou encore d'autres couloirs, menant Dieu sait où. Je n'éprouvais aucune difficulté à cette course, je respirais avec aise, emplissant mes poumons et irriguant d'oxygène mon corps qui avançait d'un pas souple, régulier, égal. Une petite tache brillante, sur un des murs, attira mon attention, c'était une poignée de porte et je l'ouvris, passant le seuil sans ralentir. Deux pas plus loin je dus stopper net pour éviter de me cogner à un homme nu qui me gratifia d'un regard reptilien, à la fois interloqué et vide, avant de reculer d'un pas puis de s'éloigner. Un autre homme, les bras et les cuisses recouverts de motifs abstraits tatoués à l'encre noire, achevait de se déshabiller, un autre encore tirait sur sa verge et ses bourses pour les faire passer par une sorte d'anneau métallique. L'air était moite, gorgé d'humidité, mais il faisait plus frais ici que dans le couloir, je suais encore et commençai à me dévêtir à mon tour, ouvrant l'un des nombreux casiers blancs qui couvraient les murs pour y jeter mes vêtements. Un jeune homme me tendit une serviette de bain, des tongs et un cadenas, je verrouillai le casier et me ceignis les reins de la serviette, puis suivis les autres hommes qui avaient disparu dans l'obscurité au fond de la petite salle. Le sol, carrelé et mouillé, glissait un peu, une odeur indéfinissable, gênante, emplissait l'air, je débouchai sur un petit bar autour duquel se tenaient quelques hommes, en serviette ou bien entièrement nus à part les tongs. Un jeune gars souriant et bien fait, aux muscles fins mais noueux, les deux tétons percés d'un petit anneau, s'approcha de moi et me passa la main sur l'épaule : « Qu'est-ce que tu bois ? » — « Ce que tu veux. » Tandis que le barman préparait les cocktails le jeune homme me dévisagea d'un air méfiant ; quand je goûtai le gin tonic, clair, frais, pétillant, presque amer, il se pencha pour me glisser quelques mots à l'oreille : « Tu viens souvent, ici ? » — « Je ne sais pas. Ça dépend. » — « Je ne me souviens pas de t'avoir vu. Mais c'est vrai qu'on ne vient pas pour regarder. » Il s'éloigna pour rejoindre ses compagnons, me laissant boire seul. J'achevai rapidement le verre et m'engageai dans l'escalier qui menait à l'étage inférieur. L'odeur s'intensifiait en descendant, se précisait, ça sentait la sueur rance des mâles et la chaussette sale, mêlées à de forts effluves animaux, des relents de sperme et de merde. En bas s'ouvrait, de plusieurs côtés, un dédale sombre de couloirs, de cabines et de recoins, gardé par un grand homme noir de peau, nu et immobile. Je contemplai brièvement son visage impassible, sa poitrine musclée, sa longue verge épaisse, puis me dirigeai vers les douches où je me rinçai le corps avant d'aller m'asseoir dans une cabine très chaude, emplie de vapeur. D'autres hommes la partageaient avec moi, personne ne parlait, je ne restai pas longtemps et sortis me doucher une nouvelle fois avant de revenir, tongs claquant sur les dalles, en direction du cerbère noir qui ne semblait pas avoir bougé d'un pouce. Parvenu à sa hauteur, j'hésitai, puis lui effleurai l'arête de la hanche ; il se dégagea d'un mouvement, le regard toujours fermé, je n'insistai pas et m'enfonçai dans le labyrinthe, avançant à petits pas dans la pénombre. Ici et là se tenaient des hommes, la plupart en serviette, silhouettes à peine discernables dans l'obscurité, certains debout dans le couloir, d'autres assis dans une cabine, les mains sur la verge ou bien derrière la nuque. En les croisant j'entendais comme un murmure imperceptible, des paroles peut-être mais impossibles à comprendre, ou peut-être aussi juste des sons inarticulés, des râles entrecoupés de cris balbutiants. Dans une pièce, très vaguement illuminée, plusieurs hommes nus et luisants de sueur s'affairaient autour d'un autre, suspendu jambes en l'air dans une sorte de hamac en cuir ; plus loin, dans une petite cabine presque noire, un homme aux épaules poilues et au dos puissant, accroupi sur les cuisses d'un autre, faisait aller et venir ses reins, sans un son. Au hasard, je tentai d'aborder un des hommes postés dans le couloir, plaçant ma main sur sa poitrine, mais il la repoussa sans mot dire et je continuai mon chemin, répétant l'opération à chaque homme que je croisais, avec aussi peu de succès. Dépité, je m'aventurai dans une cabine où un homme nu, entièrement imberbe, un peu gras, se tenait couché sur une banquette, sa serviette sur son visage ; je m'approchai, il ne réagit pas, je posai la main sur sa verge molle : pas un mouvement n'accueillit le contact, pas même un tressaillement. Je pris la verge et les bourses entre mes doigts et les caressai lentement, l'homme ne bougeait toujours pas, alors je me penchai et aspirai la verge entre mes lèvres, elle restait molle, je la roulai dans ma bouche tout en serrant un peu les bourses, puis je me mis à la sucer, tétant comme s'il s'était agi d'un pis, mais il n'y avait rien à faire, elle ne durcissait pas, enfin je me redressai et laissai là l'homme affalé pour reprendre ma circulation à travers le couloir. Au fond, je découvris une petite salle ronde avec un bassin d'eau plein de bulles : le jeune homme qui m'avait offert à boire s'y trouvait plongé jusqu'à la poitrine en compagnie de deux autres hommes, aspirant par le nez, avec une paille de verre, de la poudre blanche posée en lignes sur un petit plateau. Lorsqu'il me vit il me tendit le plateau et la paille, sans un mot ; je m'en saisis délicatement et l'imitai, inspirant d'abord une ligne, puis une autre ; un frisson traversa mon corps, je passai le plateau à son voisin et me redressai, cambré nerveusement sur mes cuisses, lissant d'une main la serviette sur ma hanche et ma fesse. J'aurais voulu me glisser avec eux dans l'eau mais il n'y avait plus de place ; alors je fis demi-tour et m'enfonçai encore une fois dans le labyrinthe. Ici et là des hommes se suçaient la verge, se léchaient le cul, ou se pénétraient, il y avait peu d'hommes seuls et ceux-ci, inexplicablement, dédaignaient mes avances, ils semblaient préférer rester solitaires, raidis dans le noir, les yeux vides, à se caresser avec lenteur. Dans la pièce au hamac, le jeune homme suspendu se trouvait maintenant seul, affalé la tête en arrière, les jambes ballantes, le corps maculé de sperme et marbré de traces de coups ou de brûlures de cigarettes, vidé, inerte, perdu dans un autre espace. J'aurais pu lui relever les jambes et l'enfiler à mon tour, mais je préférai rester là à le regarder gémir doucement, replié en lui-même et parti très loin, je l'enviais et aurais bien aimé être à sa place, mais il semblait que je ne devais pas maîtriser les règles obscures de ce lieu car nul ne voulait de moi. Je me couchai un long moment nu dans une cabine, le cul tourné vers l'entrée, la cocaïne bourdonnant à travers mon corps, mais personne ne venait me caresser ou prendre ce que j'offrais si volontiers, de temps à autre je sentais une vague présence dans l'ouverture mais quand je me retournais elle avait déjà disparu ; exaspéré, je me relevai enfin, ailleurs c'était pareil, le géant noir, à l'entrée, lorsque je m'accroupis devant lui pour prendre en bouche sa verge lourde et veineuse, me décocha une taloche qui m'envoya valser sur les fesses, dans la pièce du fond on me redonnait sans sourciller de la cocaïne mais personne ne me faisait une place dans le bassin, l'excitation diffuse à travers mon corps ne me laissait aucune relâche et me repoussait pour un nouveau tour du labyrinthe, tout aussi vain, enfin je retournai au sauna, laissant un peu la chaleur humide reposer mon corps énervé et tendu à se rompre.

Après, je passai de nouveau sous la douche ; l'eau froide battait contre mon visage, que je m'imaginais prématurément vieilli, fripé, lassé par l'envie. Lorsque je ressortis je vis, au-delà du sauna et du labyrinthe, une salle que je n'avais pas encore remarquée : derrière une grande paroi en verre, debout dans la pénombre, une dizaine d'hommes nus s'entrelaçaient. Je les regardai un long moment puis me joignis à eux, et cette fois personne ne chercha à me repousser. Très vite, la presse des corps me happa, des mains couraient sur mon corps et me malaxaient les fesses, des doigts humides venaient pétrir mon anus, des visages mal rasés pressaient leurs lèvres sur les miennes, des bouches me suçaient puis me mordillaient douloureusement les tétons, mes propres mains, à tâtons, trouvaient des verges raidies et les caressaient, l'odeur de la sueur rance et de la chair m'enivrait et je perdais pied, je me retrouvai à genoux, une verge pressée au fond de la gorge, une autre frottée contre ma joue, une troisième battant contre mon front, des poignes puissantes et dominatrices me tenaient les cheveux et la nuque et dirigeaient ma tête, les sexes cognaient mes lèvres arrondies et se pressaient contre mon palais m'étouffant à moitié, elles se retirèrent enfin et une paire de fesses poilues prit leur place, pressée contre mon visage, je tirai la langue et absorbai le goût âcre et amer de l'anus, une autre langue, gourmande, faisait de même avec le mien, le vrillant tandis que plusieurs mains écartaient mes fesses, petit à petit je me retrouvai pressé au sol, un bras ou un pied y bloquait ma nuque et l'on me relevait le cul pour venir y planter une première verge, je grognai sous la pression du bras et pour ma peine on me souleva la tête pour enfoncer une autre queue dans ma bouche, les deux sexes allaient et venaient en moi, m'écartelant et me remplissant d'un feu blanc qui me traversait de part et d'autre, me faisant trembler de plaisir à un tel point que des mains devaient me soutenir pour que je ne m'effondre pas, l'homme derrière moi forçait à grands coups sourds mon cul maintenu presque à la verticale, enfin il se raidit tout à fait, pris par la jouissance, sa queue se vida en tressaillant puis, avant même de ramollir, se retira d'un coup, entraînant derrière elle le latex flasque du préservatif empli de sperme, une autre prit de suite sa place et tout recommença, dans ma bouche aussi les verges se succédaient, j'avais perdu toute notion du temps, un homme jouit brutalement sur mon visage et le sperme, poisseux, me recouvrit les yeux et les lèvres, je l'essuyai tant bien que mal et battis des yeux pour décoller les paupières, j'étais entouré de fragments de corps, des mains, des cuisses velues ou bien glabres et tatouées, des sexes épais, dressés et décalottés, je refermai les yeux et me laissai aller à tous ces membres qui me trituraient, me perçaient, m'ouvraient encore plus grand, mon corps me paraissait démesurément arrondi, élargi comme une corolle gonflée de sève, cambré aussi en arc de cercle par les décharges de plaisir qui le tendaient jusqu'à le rompre avant de le lâcher d'un coup, reprenant à l'instant même leurs pulsations croissantes, cela bouleversait mes sens et épuisait mes muscles qui tremblotaient de plus belle, je rouvris les yeux, la paroi de verre, près de moi, reflétait très vaguement l'entremêlement des corps, on ne pouvait rien y discerner avec précision si ce n'était des culs, superposés et brillant comme des lunes, derrière la vitre aussi il y avait une figure, j'écarquillai les yeux pour mieux la distinguer, c'était un petit enfant, un garçonnet blond au visage pointu, entièrement nu, qui nous regardait à travers la paroi de verre avec des yeux grands ouverts, les lèvres têtues, butées. Je me figeai, le visage aussi restait immobile, autour de moi la cohue des corps piétinait, grognait, ahanait ; une gêne diffuse m'envahissait, me détachait rapidement de mon propre corps. Que faisait ici ce garçon ? me demandai-je. L'entrée de l'établissement n'était-elle donc pas interdite aux mineurs ? Le garçon, muet et obstiné, continuait à me fixer, et je tentai de me dégager de l'homme qui me pénétrait avec brutalité, mais ses mains se resserrèrent sur mes hanches et me maintinrent impitoyablement rivé à son membre qui allait et venait à une cadence effrénée, je le repoussai en vain, le garçonnet ne nous lâchait pas des yeux, la panique me submergeait et je me débattis de plus belle, d'autres mains vinrent me tordre les bras et me plaquer derechef les épaules au sol, un pied écrasait ma tête contre les dalles tandis que la verge se retirait d'un coup pour éclabousser mon cul de foutre, déjà une autre venait prendre sa place pour se délecter de moi, alors je fermai les yeux, effaçant instantanément et le petit garçon, et les organes qui m'entouraient, et je me laissai aller à la tempête de chair, mon corps comme arraché à lui-même, éclaboussant tout ce qui l'entourait avant d'être emporté par une mer noire et déchaînée.

Lorsque j'ouvris de nouveau les yeux j'étais seul, couché à même le carrelage. Je me retournai sur le dos et me pris instinctivement le sexe dans les mains, comme pour le protéger de coups qui ne venaient pas. Des coulées de sperme séchaient sur ma peau, me maculaient le visage, les cheveux. Je songeai au jeune homme dans le hamac, abandonné à lui-même ; moi aussi, maintenant, je devais présenter cette apparence éperdue. Mais mon esprit ne parvenait pas à se détacher de mon corps, moulu, meurtri, alourdi. Je n'avais pas encore joui et je tentai mollement de me branler, mais ma verge refusait de durcir et enfin je me levai et allai me doucher. Je restai un long moment sous le jet d'eau, les jambes encore tremblantes, les membres brisés de fatigue, je laissais rouler ma tête et ma nuque sous le jet qui petit à petit rinçait toutes les saletés collées à ma peau et réchauffait mes muscles. Enfin je coupai l'eau et me dirigeai vers l'escalier. Ma serviette avait disparu et je me promenais nu, toujours dégoulinant. En chemin, je croisai plusieurs hommes, ils ne prêtèrent pas la moindre attention à moi et il n'y avait aucun moyen de savoir s'ils faisaient partie de ceux qui s'étaient servis de moi ou pas. Je n'en éprouvais qu'une très vague curiosité, presque abstraite, voire amusée. Au bar, je demandai une serviette, me séchai et m'en enveloppai les reins, puis commandai un gin tonic que j'allai siroter sur un divan en similicuir, face à un écran de télévision où passaient sans le son des scènes pornographiques. Les images, changeantes et répétitives, défilaient sous mon regard, et celui-ci, par moments, les examinait distraitement, mais tout de suite il glissait sur elles, sans s'y accrocher, devenu aussi indifférent aux séries de verges gonflées pénétrant des séries de culs ronds et blancs qu'aux grandes photographies d'étendues de hautes herbes, brillantes sur un sol doré, qui couvraient le mur derrière le bar. Mis à part le serveur, il n'y avait presque plus personne, près de moi un homme buvait un soda et tiraillait avec ennui sur sa verge tout en fixant l'écran d'un regard morne et vide, j'achevai mon cocktail, me levai, et retournai aux vestiaires. Mon corps vibrait toujours, excédé de sensations mais encore avide, j'espérai vaguement recroiser le jeune gars aux tétons percés, celui qui m'avait payé un verre à mon arrivée, je voulais lui en offrir un à mon tour puis caresser avec gourmandise son beau corps racé, mais il n'y avait personne et je retirai mes vêtements de mon casier, les enfilai, et me dirigeai vers la porte. Elle s'ouvrit facilement et dès que je l'eus franchie je me remis à courir. L'effort revigorait mes muscles exacerbés, je les sentais se détendre et retrouver leur équilibre naturel et ordonné qui me propulsait d'un pas ni trop lent ni trop rapide, égal, rythmé par la respiration qui sifflait entre mes lèvres. Dans la demi-obscurité qui régnait ici, je devinais plus que je ne les voyais les murs du couloir, ils paraissaient s'incurver et je devais régulièrement ajuster ma course pour ne pas en heurter un, par intervalles des pans plus obscurs semblaient indiquer un embranchement ou même une sorte de crypte, je les ignorais et courais la tête vide, sans songer à rien, heureux du déploiement aisé de mon corps, qui s'ajustait tout naturellement au déroulement de cet espace dont on ne devinait pas la fin, je me sentais comme un enfant libre de toute contrainte et ne me préoccupais de rien, ici et là mes doigts battaient gaiement contre les parois, par jeu autant que pour assurer mon orientation, et c'est ainsi qu'ils rencontrèrent une sorte de projection métallique, une poignée semblait-il sur laquelle j'appuyai en poussant, ouvrant une porte par laquelle je passai sans ralentir, d'un bond souple. Mes baskets crissèrent dans la neige et je m'arrêtai. Un homme passa devant moi, menant un cheval par une longe, suivi de deux hommes portant une marmite, leurs haleines gelées restaient suspendues dans l'air glacé qui coupait à travers le fin tissu de mon survêtement. Je frissonnai et me frottai les bras. Un peu plus loin, sous un grand hêtre aux branches nues et grises, un groupe d'hommes s'attroupait autour d'un feu. Je m'en approchai, mes pieds s'enfonçant dans la neige fraîche ; un des hommes me remarqua et me héla : « Hé, mon commandant ! Vous allez prendre froid ainsi. Venez vous changer. » Il m'entraîna vers un petit cabanon où je trouvai dans un grossier placard de planches tout ce qu'il me fallait : pantalon de solide toile brune et chandail à col roulé, que je passai par-dessus le survêtement, veste d'officier aux boutons dorés, bottes en cuir, et un long manteau bien épais, à haut col, avec des pans amples qui battaient autour des mollets. Il y avait aussi une toque en fourrure et une paire de gants blancs bien ajustés, que j'enfilai et boutonnai avec un remarquable sentiment de satisfaction. Le soldat m'attendait à la sortie : « N'oubliez pas ceci », fit-il en me passant une cravache et un étui de cuir qui contenait un lourd pistolet à canon long, avec une crosse ronde en bois poli. La neige commençait à tomber, une pluie de flocons légers comme l'air qui dansaient gaiement et fondaient au moindre contact. Je fixai l'étui au ceinturon de ma veste tout en suivant le soldat vers le feu. D'autres hommes étaient venus se joindre aux premiers, tous portaient un uniforme semblable au mien, lorsqu'ils me virent approcher ils se mirent au garde-à-vous, claquèrent des talons, et me saluèrent. Plusieurs portaient au cou une lourde croix de métal ouvragé ; je tirai la mienne de la poche de ma veste et me la passai au cou aussi, caressant doucement le métal des doigts avant de lever la tête vers un homme nu, pendu par un seul pied à une branche du hêtre, sa peau grise lacérée de coups et d'estafilades. « Lui ? » — « Un espion, mon commandant. Il rôdait près des chevaux, on lui a donné une bonne leçon. » Je hochai la tête et m'approchai du brasier. Un homme avança un tabouret pliant sur lequel je m'assis, un autre me tendit une écuelle fumante emplie de haricots rouges et une cuillère en fer-blanc. J'avais très faim et je dévorai allègrement le plat, cela manquait de sel mais peu importait, j'avalai jusqu'à la dernière cuillerée et raclai l'écuelle. J'étais maintenant tout à fait réchauffé, le feu me rôtissait agréablement les pieds et les cuisses, quelques flocons s'accrochaient un instant à mes manches avant de fondre et je les contemplais avec plaisir. Je rotai et bus de l'eau. « Faites seller les chevaux, ordonnai-je en me relevant. On part. » Immédiatement les hommes commencèrent à s'affairer. Au-dessus du feu, l'homme pendu oscillait lentement, maintenu en place par une branche plus fine empalée dans son anus. Un soldat s'approcha de moi et salua : « Et les prisonniers, mon commandant ? » Je réfléchis un court instant : « Fusillez-les. » — « Les femmes aussi ? » — « Les femmes aussi. » Je me dirigeai à grands pas vers l'enclos. Un homme menait vers moi un beau cheval bai, dont les naseaux laissaient échapper des volutes de vapeur mêlées aux flocons qui tombaient toujours plus drus. Je pris la longe des mains du soldat, flattai l'encolure de la bête, vérifiai la sangle, et me hissai sur la selle où je me campai pour observer les préparatifs. Dans la poche de ma veste se trouvait un étui à cigares, j'en allumai un et tirai dessus, tout de suite les bouffées de tabac m'amenèrent une sensation de sérénité, légère et presque joyeuse comme la neige qui emplissait le ciel. Autour de moi les hommes allaient et venaient, alignaient les chevaux, repliaient les tentes ; plus loin, des soldats escortaient un petit groupe d'hommes et de femmes, la plupart vêtus de haillons. Arrivés à un bosquet de pins, ils les obligèrent à s'agenouiller dans la neige. Puis un soldat braqua son fusil, visa une nuque, et appuya sur la détente ; l'homme vola en avant dans un brusque jet de sang ; déjà le soldat passait au suivant et ajustait son arme. Des hommes à cheval venaient se joindre à moi. L'un d'eux me tendit une lance, au manche en frêne poli et à la lame acérée, longue et fine en forme de feuille; je m'en saisis avec joie, la soupesant puis la posant en travers de mes genoux. Lorsque tout fut prêt je tirai une dernière bouffée du cigare, jetai le mégot dans la neige et brandis la lance pour donner le signal du départ. Mon cheval piaffa et je le guidai des talons, passant la lance sous mon bras et me saisissant des rênes de ma main libre. Autour de moi la colonne se mettait en branle, longeant les arbres, contournant les corps des fusillés qui gisaient face à terre dans la neige rougie, les membres disloqués comme des poupées. Un peu plus loin nous rejoignîmes un chemin de traverse et je lançai mon cheval au trot, les sabots volaient dans la neige vierge, les lances frappaient les branches et faisaient pleuvoir sur nous de grandes gerbes de neige, d'aiguilles et de pommes de pin, je riais et mes hommes riaient avec moi, joyeux de cette course vespérale impromptue à travers les bois. Plus loin s'ouvraient de vastes champs enneigés, rayés de brun par la terre retournée des labours, nous les traversâmes sans ralentir l'allure, la neige ne tombait plus, le ciel virait au gris et s'assombrissait encore, petit à petit les nuages s'effilochaient, déversant sur la tranquillité du paysage la lumière blanche de la pleine lune. Enfin la nuit s'installa et je fis passer les chevaux au pas. Nous avancions à travers champs dans le cliquetis des harnais et des éperons, les ébrouements des chevaux, le son feutré des dizaines de sabots dans la neige, enveloppés par les riches effluves de terre gelée, de cuir, d'huile à fusil, de sueur de cheval et de crottin. La lune maintenant éclairait tout, on distinguait nettement les étendues blanches et vallonnées entrecoupées de bosquets, masses un peu plus sombres dispersées ici et là sous la voûte bleuâtre du ciel nocturne. Au loin brillaient des lumières et sans un mot je dirigeai la colonne vers elles. Peu à peu se dessinèrent devant nous les formes d'une grande bâtisse nichée dans les arbres et entourée de dépendances, un manoir isolé comme il y en avait encore tant sur ces terres. Un chien, averti de notre approche, se mit à aboyer, suivi par un autre, de nouvelles lumières s'allumèrent et l'on entendit des cris brefs et des bruits de portes. D'un geste de ma lance, j'envoyai deux groupes d'hommes encercler la demeure par les flancs, tandis que je continuais à avancer au pas, suivi du gros de la troupe. Arrivé devant le grand portail de l'enceinte, construit de fortes planches ferrées, je le frappai de ma lance et criai : « Ouvrez ! » Les chiens aboyaient de plus belle, personne ne répondit. « Ouvrez ! Ouvrez ou je brûle tout ! » Enfin une voix se fit entendre : « Qui va là ? » — « Ouvrez, au nom de Dieu, grondai-je, si vous voulez la vie sauve. » Enfin les gonds grincèrent et les lourds battants s'écartèrent. Un homme un peu âgé apparut, brandissant une lanterne : « Qui êtes-vous ? Que voulez-vous ? » Sans prendre la peine de répondre je lui envoyai un coup de lance dans la gorge ; sa voix s'étrangla dans le sang, la lanterne chuta dans la neige où elle continua à briller, lui resta suspendu un instant sur la lance, jusqu'à ce que j'imprime un petit tour à la hampe pour la dégager. Le cadavre glissa à son tour dans la neige et je secouai la lance pour l'égoutter ; puis je la fichai au sol et mis pied à terre, y attachant la longe de mon cheval. Je n'avais besoin de rien dire, mes hommes connaissaient la besogne, j'allumai calmement un autre cigare et tirai dessus tandis qu'ils se ruaient vers la maison, à pied ou encore à cheval. Des coups de feu retentirent, l'un d'eux boula à terre et s'étala de tout son long, les autres mirent genou au sol et ouvrirent le feu, mitraillant les croisées qui éclatèrent les unes après les autres dans des pluies de cristal. Ce fut vite fini. Une douzaine de soldats s'engouffrèrent comme des chiens enragés par la porte d'entrée défoncée, de l'intérieur provenaient encore quelques coups de feu, des bruits de portes volant en éclats, des cris rauques, des hurlements affolés de femmes. Laissant là mon cheval, je tirai mon pistolet de son étui et entrai à mon tour, enjambant le corps d'un jeune homme à moitié vêtu dont le sang imbibait le tapis du hall d'entrée. Des femmes en robes de nuit s'égaillaient par les couloirs, pourchassées par des soldats rieurs ; dans le salon, au milieu des meubles renversés et des cadavres affalés comme des pantins, un vieillard se tenait assis dans son fauteuil, les yeux écarquillés, la lèvre inférieure tremblotante. D'un coup, toutes les lumières électriques s'éteignirent, les plombs avaient dû sauter, mais les bougies et les chandelles allumées suffisaient à éclairer la scène. Une forte odeur de cordite et de sang me prenait au nez et je la flairai avec délectation. Dans les communs, un soldat violait une grosse boniche sur une table, sous l'œil hilare de ses camarades, un autre, tranquillement assis sur une chaise, se découpait des tranches de pain et de fromage ; deux hommes renversèrent un buffet empli de vaisselle, qui s'effondra dans un immense fracas de porcelaine brisée. Quelques coups de feu claquaient encore au fond de la maison ; dans la cour arrière, derrière les communs, trois soldats s'efforçaient en jurant de saigner un cochon, qui grouinait et se débattait de toutes ses forces sous le couteau ; près d'eux, on hissait sur une charrette deux paysans mal rasés, les mains liées dans le dos, pour les pendre à un gros chêne ; plus loin flambait une grange, allègrement. Je montai à l'étage : le même joyeux fracas y régnait, un sous-officier, coupe de champagne à la main, dansait seul devant une grande glace en se tenant l'épaule, un soldat pissait dans les rideaux, un troisième exhibait des mains couvertes de bagues et de bracelets de femme. D'une porte entrouverte émanaient des cris perçants : deux hommes, culotte baissée, enfilaient un jeune garçon dénudé, plié en avant sur un lit de fer, la tête enfouie dans les coussins brodés. Plus loin, au fond du couloir, se trouvait une porte fermée. J'essayai la poignée, la porte était verrouillée, je frappai, pas de réponse, je frappai encore du poing en criant : « Ouvrez ! », toujours rien. Alors je reculai et fis sauter la serrure d'un coup de botte. Le battant vola ; debout devant le lit se tenait une femme en robe d'intérieur gris perle, fine et légère, ses cheveux blond vénitien relevés dans un chignon savamment décoiffé qu'éclairait la lumière blafarde de la lune, tombant par les croisées. Lorsqu'elle me vit elle poussa un cri et porta sa main à la bouche. « Toi ! gémit-elle. Toi ? Mais tu es fou ! Tu es fou ! » Je la regardai, interloqué par ces mots : « On ne se connaît pas », fis-je sèchement en avançant d'un pas et en lui décochant une grande gifle qui l'envoya en tournoyant sur l'étendue verte et dorée du couvre-lit brodé. Elle se recroquevilla et se mit à sangloter, griffant des ongles son beau visage crispé. Je repoussai la porte, ôtai mon manteau puis mon ceinturon que je posai sur une chaise, et m'approchai du lit en dégrafant ma veste. La jeune femme tenta de me lancer un coup de talon, j'attrapai la cheville en riant et tordis, la forçant sur le ventre. Je caressai ses fesses sous le matériel soyeux de la robe, un jersey tricoté sans la moindre couture et doublé d'une fine soie rose pâle, elle hurla de toutes ses forces, le visage enfoncé dans les longues herbes vertes brodées du tissu, je lui assenai un coup de poing dans le dos et les cris cessèrent instantanément, alors je remontai la robe jusqu'à ses reins et baissai sa culotte d'un geste sec, révélant un cul rond et blanc. Elle gémissait maintenant, « Non, non, je t'en prie », je la frappai de nouveau pour la faire taire, défis ma braguette, me hissai sur le lit et, lui écartant les fesses, la forçai d'un violent coup de reins. Elle eut un dernier cri aigu, puis se tut. J'enfonçai mes mains, toujours gantées de blanc, dans le chignon décoiffé et m'appuyai de tout mon poids sur sa tête, humant les senteurs de bruyère, de mousse et d'amande qui émanaient de ses cheveux. Mais elle était sèche et je trouvais la sensation peu agréable, je me retirai, crachai à plusieurs reprises sur son anus, niché au milieu de touffes de poils blonds, frottai mon gland dans la salive et m'enfonçai là, lentement cette fois-ci, elle n'émettait toujours pas un son, étalée dans sa robe grise sur le couvre-lit verdoyant, le visage caché par ses cheveux défaits. Je me retournai : à côté de la porte entrebâillée se dressait un grand miroir vertical, j'y voyais mon cul, blanc sous la lumière de la lune, allant et venant entre les longues cuisses blanches coincées sous les miennes. Je ralentis, me repaissant du spectacle, la femme, sous mon corps, respirait en sifflant mais se taisait toujours, je la frappai de nouveau, sans trop savoir pourquoi, puis encore, à chaque coup elle suffoquait mais se retenait de crier, et ce mutisme m'enrageait, je me mis à l'étrangler, mes deux mains gantées serrées sur sa nuque, je sentais ses cuisses se tendre et battre sous moi, son cul se contractait et je jouis brutalement, me vidant en elle en de longues secousses avant de la lâcher et de rouler sur le dos, étalé de tout mon long sur les herbes brodées, les yeux fermés. À côté de moi j'entendais la femme hoqueter, tousser, avaler convulsivement l'air. J'ouvris les yeux et me rassis, regardant mon bas-ventre, il y avait des traces de merde sur ma verge, je tirai à moi un pan du couvre-lit pour m'essuyer, puis me reboutonnai. La femme était toujours couchée sur le ventre, fesses à l'air, elle sanglotait doucement maintenant, mordant le tissu du couvre-lit pour étouffer le son. Je lui imprimai une petite claque sur la fesse et elle se tut abruptement : « Tu peux t'en aller », lui dis-je. La tête détournée, elle se redressa péniblement sur les genoux, tirant des doigts le tissu de la robe pour se couvrir le derrière ; elle se mit debout, trébucha, s'appuya sur le bord du lit, puis se pencha pour remonter sa culotte sous la robe. Je ne voyais que son profil. Elle se mordait la lèvre inférieure et la lumière de la lune jouait avec les cheveux décoiffés sur sa nuque. Alors elle me regarda, avec des yeux égarés, vides de toute compréhension. Je lui fis un petit signe des doigts et elle se dirigea en titubant vers la porte. Je me penchai vers la chaise, tirai mon pistolet de son étui, l'armai, et visai sa nuque. Le coup l'envoya voler contre la porte, elle s'effondra sur le tapis en une masse grise et tordue, laissant de longues traînées rouges sur le bois poli. Je posai l'arme à côté de moi et me rabattis sur le dos, caressant distraitement de mes doigts gantés l'épais tissu brodé du couvre-lit.

Lorsque je me réveillai le ciel commençait juste à pâlir. Quelques bruits sourds se faisaient encore entendre, du verre cassé, un chant mélancolique. Je me redressai et tentai d'allumer une lampe de chevet, mais l'électricité ne fonctionnait toujours pas. Devant la porte, la masse sombre du corps de la femme ressemblait à un tas de linge sale, jeté là pour être emporté par les bonnes. Je me levai, allumai quelques bougies, et commençai à fouiller les meubles, empochant les bijoux et les devises que je trouvais. Dans le tiroir de la table de nuit je trouvai plusieurs morceaux de photographies. Ces fragments découpés représentaient un petit garçon blond ; et plus encore que les bras d'un homme qu'on apercevait ici et là, c'était l'expression de l'enfant, tantôt concentrée, tantôt effrayée, tantôt éclatante de joie, qui reflétait la présence d'une autre personne éliminée par les coups de ciseaux, présence qui voulait tout dire pour lui. Je les jetai au sol, achevai ma fouille, et, repoussant le cadavre d'un coup de botte, sortis rejoindre mes hommes. La plupart, ivres, dormaient dans des fauteuils, sur les tapis ou sur les tables, d'autres chantonnaient en vidant les dernières bouteilles ; devant le perron, des soldats plus sobres préparaient déjà le départ, fixant à leur selle des sacs de butin ou de provisions. J'en chargeai quatre de réveiller et de réunir leurs camarades ; puis je me fis amener mon cheval et donnai l'ordre du départ à ceux qui étaient prêts.

Lances en main ou à l'épaule, nous repassâmes le portail, contournant le cadavre du vieillard à la lanterne, raidi dans la neige. Le jour se levait, le ciel était gris, devant nous s'étalait le blanc assourdi des champs enneigés, parsemé des taches sombres des bosquets. Je lançai mon cheval au trot d'un coup de talon, les hommes suivaient, gaillards et rieurs. Au loin, isolé sur l'étendue blanche, je distinguais un petit point noir, et je dirigeai mon cheval vers lui. Au fur et à mesure que je me rapprochais je voyais qu'il s'agissait d'une figure, la figure d'un petit garçon blond et nu qui titubait dans la neige. Nous le rattrapâmes vite et il nous fit face tandis que nous l'entourions, livide, grelottant de froid, les jambes maculées d'une merde qu'il avait laissée couler sans s'en rendre compte lors de sa course, et les traits déformés par les pleurs, le froid et la terreur. Mes cavaliers formaient tout autour de lui un mur de lances et de visages fermés. Mon cheval fit un pas en avant, le gamin tomba sur son cul, recula, se releva, pataugeant dans la neige mêlée de merde, il se souillait encore, le visage tordu par les sanglots, je le tuai d'un rapide coup de lance à la poitrine, le soulevai un peu, puis le rejetai comme une marionnette dans la neige, sous le rire grossier de mes hommes. Alors je lançai mon cheval au galop à travers la plaine, soulevé par un sentiment exaltant de liberté souveraine, l'air froid mordait mes joues et mes poumons et je m'en repaissais, je me sentais grandir dans ma selle, jusqu'à devenir l'égal de la vaste plaine, de la neige, et du ciel au-dessus de moi. En fin d'après-midi nous atteignîmes une gare tenue par des forces ennemies. Le gros de mes troupes nous avait rejoints et nous l'investîmes de tous les côtés, dans un déluge de feu et de cris incohérents, ils avaient placé une mitrailleuse à l'angle principal d'attaque et elle nous tint longtemps en échec, jusqu'à ce qu'un de mes soldats, rampant au pied du mur, parvînt à la faire taire d'un lancer de grenade. Alors ce fut la curée. Les survivants se déversèrent par les portes, mains au-dessus des têtes, mes hommes les collaient contre le mur de la gare et les fusillaient à tour de bras, je fus un des premiers à pénétrer dans la bâtisse elle-même, pistolet au poing, un soldat ennemi braquait son fusil sur moi et je l'abattis d'un coup, plus loin rampait un blessé et je l'achevai aussi, tout autour résonnaient les coups de feu et les cris des mourants. Au fond de la pièce principale se trouvait une porte, je l'ouvris d'un coup de pied, elle donnait sur une galerie vide que je traversai en défaisant mon manteau et mon ceinturon, au bout de la galerie il y avait une autre porte, je laissai tomber le pistolet et ôtai ma veste, jetant aussi mes deux gants blancs, rapidement je me défis du reste de mes vêtements, ne gardant que le survêtement et enfilant mes baskets que j'avais gardés en poche, déjà la porte était ouverte et dès que j'eus franchi le seuil je me mis à courir. Il faisait sombre ici, j'étais désorienté et je me cognai aux murs à plusieurs reprises, enfin je trouvai un semblant d'équilibre et pus avancer d'une manière régulière, respirant avec aise, au rythme de mes foulées. Mais le couloir s'incurvait, je ne parvenais pas à rester au centre et de nouveau mon épaule heurta une paroi, je croyais distinguer des taches encore plus sombres, peut-être des bifurcations ou juste un réduit, je les évitai tant bien que mal jusqu'à ce qu'un coup plus fort que les autres me fît tituber, je ralentis mais ne cessai pas de courir, enfin je déboulai dans le vestiaire et me changeai rapidement, ajustant mon bonnet de bain et passant les portes battantes, elles donnaient sur un grand espace empli d'échos de cris et de bruits d'eau, tout bleu et lumineux et encore agrandi par de longues glaces, encadrant la salle et dans lesquelles je n'apercevais que des fragments de mon corps, fugaces et sans lien entre eux, je vacillais, manquai de tomber, alors je me ressaisis et me redressai, mon équilibre soudainement revenu, mon corps retrouva son axe et, muscles tendus, fesses serrées, je plongeai droit comme une lance, fendant de tout mon poids l'eau claire et fraîche du bassin.

DU MÊME AUTEUR

Aux Éditions Gallimard

LES BIENVEILLANTES, 2006 (Folio n° 4685). Prix Goncourt et Grand Prix du roman de l'Académie française.

LE SEC ET L'HUMIDE, 2008 (L'arbalète Gallimard).

TCHÉTCHÉNIE, AN III, 2009 (Folio documents n° 50).

TRIPTYQUE. Trois études sur Francis Bacon, 2011 (L'arbalète Gallimard).

CARNETS DE HOMS, 2012.

UNE VIEILLE HISTOIRE. Nouvelle version, 2018 (Folio n° 6708).

LES RÉCITS DE FATA MORGANA, 2019 (Folio n° 6707).

Aux Éditions Fata Morgana

ÉTUDES, 2007.

RÉCIT SUR RIEN, 2009.

EN PIÈCES, 2010.

UNE VIEILLE HISTOIRE, 2012.

Composition : IGS-CP
Impression Novoprint
à Barcelone, le 10 septembre 2019
Dépôt légal : septembre 2019

ISBN : 978-2-07-278589-4 / Imprimé en Espagne